행복한 왕자

행복한 왕자

오스카 와일드 지음 | 나현정 그림 | 소민영 옮김

보물창고

차례

제1권 행복한 왕자

행복한 왕자 • 8

나이팅게일과 장미 • 28

욕심쟁이 거인 • 41

헌신적인 친구 • 52

비범한 로켓 폭죽 • 75

제2권 석류나무의 집

어린 왕 • 100

스페인 공주의 생일 • 125

어부와 영혼 • 155

별 아이 • 216

작품 해설 • 248

옮긴이의 말 • 253

＊이 책은 오스카 와일드가 남긴 두 권의 동화집 『The Happy Prince and Other Tales』(1888)와 『A House of Pomegranates』(1892)를 원전으로 한 완역본입니다.

제1권 행복한 왕자

행복한 왕자

도시 전체가 내려다보이는 높은 기둥 위에 행복한 왕자의 동상이 서 있었다. 동상은 온몸이 황금으로 덮여 있었고, 두 눈에는 빛나는 사파이어가 박혀 있었으며, 칼 손잡이에는 커다란 루비가 반짝이고 있었다. 사람들은 모두 그 동상을 우러러보았다.

"저 동상은 수탉 풍향계만큼이나 멋지군요."

미적 감각이 뛰어나다는 칭찬을 듣고 싶은 한 시의원이 말했다.

"뭐, 그다지 실용적이지는 않지만요."

그는 사람들이 자신을 현실적이지 못하다고 생각할까 봐 금세 덧붙였다. 실제로 그는 매우 현실적인 사람이었다.

"행복한 왕자처럼 착한 사람이 돼야지? 행복한 왕자라면 고

짐을 부리며 떼쓰는 건 꿈도 꾸지 못할 일이란다."

어떤 지혜로운 어머니는 달을 따 달라고 졸라 대는 아이에 게 이렇게 타일렀다.

"이 세상에 행복한 사람이 있다는 게 그나마 다행이야."

깊은 슬픔에 빠진 남자가 아름다운 동상을 바라보며 중얼거 렸다.

"왕자님은 천사 같아요."

새하얀 앞치마에 밝은 주홍빛 망토를 두른 고아원 아이들이 성당에서 나오며 말했다.

"그걸 어떻게 알지? 천사를 본 적도 없으면서."

수학 선생님이 물었다.

"본 적 있어요! 꿈에서요!"

아이들이 입을 모아 대답했다.

수학 선생님은 눈살을 찌푸렸다. 아이들이 꿈을 믿는 게 못 마땅했기 때문이다.

어느 날 밤, 제비 한 마리가 이 도시로 날아들었다. 다른 제 비들은 이미 6주 전에 이집트로 떠났지만, 이 제비는 아름다운 갈대와 사랑에 빠져 홀로 뒤처졌던 것이다.

제비는 그 해 이른 봄날 노란 나비를 쫓아 강으로 내려갔다 가 갈대를 만났다. 제비는 갈대의 가냘픈 모습에 넋을 잃고 가 던 길을 멈추었다.

"당신을 사랑해도 될까요?"

제비는 단번에 사랑을 이루고 싶은 마음에 성급하게 말을 건넸다. 갈대가 머리를 살짝 숙여 보이자, 제비는 날개로 물살을 갈라 은빛 물결을 일으키며 여름 내내 갈대 주변을 날고 또 날았다.

"저건 바보 같은 짓이야. 갈대는 돈도 없고 친척도 너무 많잖아."

다른 제비들은 강가에 무성한 갈대들을 보며 수군거렸다.

어느덧 가을이 오고 제비들은 멀리 떠나기 시작했다. 친구들이 모두 날아가 버리자 외로워진 제비는 사랑하는 갈대에게도 싫증이 나기 시작했다.

"내게 한 마디도 하지 않는 걸 보면 혹시 바람둥이가 아닐까? 날마다 바람과 시시덕거리잖아."

바람이 불 때마다 우아한 모습으로 인사하는 갈대를 보며 제비가 말했다.

'나도 갈대가 여기를 좋아한다는 건 인정해. 하지만 내가 여행을 좋아하니까 갈대도 여행을 좋아해야 하는 게 아닐까?'

제비는 생각했다.

"나와 함께 떠날래요?"

마침내 제비가 갈대에게 말했다. 그러나 갈대는 고개를 가로저었다. 고향을 너무나 사랑하기 때문에 차마 멀리 떠날 수 없었던 것이다.

"당신은 나를 가지고 놀았군요. 나는 이제 피라미드를 향해 떠납니다. 잘 있어요!"

제비는 이 말을 남기고 길을 떠났다. 그러고는 하루 종일 날아서 한밤중에 이 도시에 도착했다.

"어디에서 잘까? 마땅한 곳이 있어야 할 텐데."

그 때 높은 기둥 위에 서 있는 동상이 눈에 띄었다.

"저기가 좋겠군. 높으니까 공기도 더 깨끗할 거야."

제비는 행복한 왕자의 발 사이에 내려앉았다.

"황금 침실이네."

주변을 둘러본 제비는 낮은 목소리로 중얼거리며 잠잘 준비를 했다. 그런데 제비가 날갯죽지에 머리를 묻으려는 순간, 커다란 물방울이 뚝 떨어졌다.

"이게 무슨 일이지! 하늘에는 구름 한 점 없고 별들도 저렇게 반짝거리는데 빗방울이 떨어지다니. 북유럽은 날씨가 참 변덕스러워. 갈대도 비를 좋아했지. 순전히 자기 생각만 했으니까."

제비가 소리쳤다. 그 때 물방울이 또 떨어졌다.

"비도 피하지 못한다면 황금 동상이 다 무슨 소용이람? 차라리 굴뚝이나 찾아봐야겠다."

제비는 다시 날아오르기로 마음먹었다.

하지만 날갯짓을 하기도 전에 또다시 물방울이 떨어졌다. 제비는 위를 올려다보았다. 아, 제비는 무엇을 본 것일까?

행복한 왕자의 두 눈에 가득 고인 눈물이 황금빛 볼을 타고 흘러내리고 있었다. 제비는 달빛을 받아 아름답게 빛나고 있는 왕자가 가엾어 보였다.

"당신은 누구인가요?"

제비가 물었다.

"나는 행복한 왕자란다."

"그런데 왜 울고 있나요? 당신 때문에 온몸이 젖어 버렸어요."

"인간의 심장을 가지고 있을 때 나는 눈물이 뭔지 알지 못했어. 슬픔이 들어오지 못하는 평화로운 궁전에서 살았거든. 낮에는 친구들과 정원에서 뛰어 놀고 밤에는 넓은 무도회장에서 춤을 추었단다. 궁전은 높디높은 담에 둘러싸여 있었는데, 난 담 너머에 뭐가 있는지 궁금하지 않았어. 내게 세상은 그저 아름다운 곳일 뿐이었단다. 사람들은 나를 '행복한 왕자'라고 불렀어. 즐거움이 곧 행복이라면 그 말이 맞겠지. 난 그렇게 살다가 죽었단다. 그런데 사람들이 나를 이 높은 기둥 위에 세워 놓은 다음부터 나는 이 도시의 모든 불행을 보게 되었어. 내 심장은 납으로 만들어졌는데도 눈물을 멈출 수가 없구나."

"그렇구나, 온몸이 황금으로 된 것은 아니었어."

제비는 혼잣말로 들릴 듯 말 듯 중얼거렸다. 제비는 큰 소리로 이런 말을 할 정도로 무례하지는 않았다.

"저기 멀리, 좁은 골목길에 허름한 집 한 채가 있단다. 열린 창문으로 탁자 앞에 앉아 있는 몹시 야위고 마른 여자가 보여. 그 여자는 바느질을 하고 있는데 바늘에 수없이 찔려 손이 거칠고 빨갛구나. 드레스에 시계꽃을 수놓고 있거든. 여왕님의 시녀 중에서도 가장 아름다운 시녀가 다음 무도회 때 입을 옷이란다. 그 옆에는 어린 아들이 병들어 누워 있구나. 열이 심한 아이가 오렌지가 먹고 싶다며 엄마를 조르고 있어. 하지만 그 집에서 먹을 수 있는 것이라곤 강에서 떠 온 물뿐이야. 아이가 울음을 그치지 않는구나. 제비야, 제비야, 작은 제비야. 내 칼에 박혀 있는 루비를 그 집에 가져다 주지 않겠니? 내 발은 기둥에 붙어 있어서 꼼짝할 수가 없단다."

왕자가 노래하듯 말했다.

"친구들이 이집트에서 절 기다리고 있어요. 친구들은 나일 강가를 날아다니며 연꽃과 이야기하고 있을 거예요. 그러다가 밤이 되면 위대한 왕이 묻힌 묘지에서 잠을 잔답니다. 왕은 화려하게 색칠한 관에 누워 있어요. 노란 천에 싸여 각종 향료를 뿌린 미라가 되어서요. 목에는 비취옥 목걸이가 걸려 있고, 손은 마치 시들어 버린 나뭇잎 같지요."

제비가 말했다.

"제비야, 제비야, 작은 제비야. 하루만 내 심부름꾼이 되어 주렴. 아이는 목이 말라 보채고 어머니는 시름에 잠겨 있단 다."

왕자가 말했다.

"전 아이들을 좋아하지 않아요. 지난 여름 강가에서 지낼 때, 못된 아이들을 만났거든요. 방앗간 집 애들이었는데 저한 테 자꾸 돌을 던졌어요. 물론 맞히지는 못했지요. 우리 제비들 은 날기 선수인데다가 특히 우리 집안은 빠르기로 유명하거든 요. 하지만 그런 짓은 우리를 무시하는 행동이에요."

제비가 대꾸했다.

하지만 행복한 왕자가 너무 슬퍼 보여 제비는 딱한 마음이 들었다.

"여긴 너무 추워요. 그러니까 왕자님의 심부름을 하는 건 오늘뿐이에요."

"고맙다, 작은 제비야."

제비는 왕자의 칼에 박혀 있던 커다란 루비를 뽑아 도시 위 를 날아갔다. 제비는 하얀 대리석 천사상으로 장식된 성당 위 를 날았다. 궁전 위를 지날 때는 사람들이 춤추는 소리가 들렸 고 아름다운 여인이 애인과 함께 테라스에 나와 있는 게 보였 다.

"별들이 참 아름답군요. 사랑의 힘은 참 위대하답니다!"

남자가 말했다.

"다음 무도회에서 입을 드레스가 제때 준비됐으면 좋겠어요. 드레스에 시계꽃을 수놓아 달라고 주문했는데 재봉사가 너무 게으르거든요."

여자가 말했다.

제비는 강 위를 날며 돛대에 매달린 등불도 보았다. 빈민가를 지날 때는 늙은 유대인들이 구리 저울로 돈을 달며 흥정하는 것도 보았다.

마침내 그 허름한 집에 다다랐다. 방 안을 들여다보자 아이는 열이 많은지 침대에서 뒤척이고 어머니는 피곤에 지쳐 잠들어 있었다. 제비는 창문으로 폴짝 뛰어들어가 커다란 루비를 탁자 위에 있는 골무 옆에 두었다. 그러고는 침대 주변을 조용히 날며 날갯짓으로 아이의 이마를 식혀 주었다.

"아, 시원해. 병이 다 나을 것 같아."

아이는 잠결에 중얼거리고는 금세 단잠에 빠져들었다.

제비는 행복한 왕자에게 돌아가 자신이 한 일을 이야기해 주었다.

"참 이상해요. 날씨가 추운데도 따뜻하게 느껴져요."

"네가 착한 일을 했기 때문이란다."

왕자가 말했다.

제비는 생각에 잠기는 듯하다가 이내 잠이 들었다. 생각만 하면 언제나 잠이 쏟아졌기 때문이다.

날이 밝자 제비는 강으로 내려가 목욕을 했다.

"정말 놀라운 현상이군. 한겨울에 제비라니!"

다리를 건너던 조류학자가 말했다. 그는 지역 신문에 이 일에 대한 긴 글을 써 보냈다. 신문을 읽은 사람들 중 그 글을 이해한 사람은 아무도 없었지만 너도나도 여기저기에 인용했다.

"오늘 밤에는 이집트로 가는 거야."

제비는 생각만 해도 가슴이 벅차올랐다.

제비는 도시의 모든 유적지를 둘러본 다음 시계 첨탑 꼭대기에 한참 동안 앉아 있었다.

"저 멋쟁이는 누굴까?"

제비가 가는 곳마다 참새들이 짹짹거리며 수다를 떨었다. 제비는 어깨가 으쓱해졌다.

달이 떠오르자 제비는 행복한 왕자에게 돌아갔다.

"이집트에서 꼭 해야 할 일이라도 있니? 나는 이제 시작이란다."

왕자가 큰 소리로 말했다.

"제비야, 제비야, 작은 제비야. 하룻밤만 더 머물러 주지 않겠니?"

왕자가 부탁했다.

"친구들이 이집트에서 절 기다리고 있어요. 친구들은 내일이면 두 번째로 큰 폭포로 날아갈 거예요. 우거진 수풀 속에선 하마들이 한가롭게 낮잠을 자고 거대한 화강암 의자에는 멤논 왕이 앉아 있어요. 멤논 왕은 밤새도록 별을 바라보다가 샛별이 뜨면 외마디 탄성을 지르고는 다시 침묵에 잠겨요. 정오가 되면 황금빛 사자들이 물을 마시러 물가로 내려와요. 사자 눈은 초록빛 에메랄드 같고 으르렁거리는 소리는 폭포 소리보다 우렁차답니다."

제비가 말했다.

"제비야, 제비야, 작은 제비야. 저 멀리 다락방에 한 젊은이가 살고 있단다. 그 젊은이는 지금 원고가 어지럽게 널려 있는 책상 위에 엎드려 있구나. 그 옆에는 시든 제비꽃 한 다발이 컵에 꽂혀 있어. 젊은이는 갈색 고수머리에, 입술은 석류처럼 빨갛고, 커다란 눈은 마치 꿈을 꾸는 것 같단다. 연출가에게 보여 줄 희곡 한 편을 끝내야 하는데 너무 추워서 더 이상 글을 쓰지 못하는구나. 벽난로에는 불씨 하나 남아 있지 않고, 몹시 배고픈지 얼굴이 창백하단다."

왕자가 말했다.

"왕자님 곁에 하룻밤만 더 있어 드릴게요. 그에게도 루비를 가져다 주면 되나요?"

따뜻한 마음씨를 지닌 제비가 말했다.

"아, 이를 어쩌면 좋니! 나는 이제 루비가 없단다. 내게 남은

건 눈뿐이구나. 내 눈은 천 년 전에 인도에서 가져온 진귀한 사파이어란다. 그 중 하나를 뽑아 그에게 가져다 주렴. 보석상에 팔면 음식과 땔감을 살 수 있을 테고, 그러면 희곡을 끝낼 수 있을 거야."

왕자가 말했다.

"사랑하는 왕자님, 그럴 수는 없어요."

제비는 눈물을 흘리기 시작했다.

"제비야, 제비야, 작은 제비야! 내가 시키는 대로 하렴."

결국 제비는 왕자의 눈을 뽑아 그 다락방으로 날아갔다. 지붕에 구멍이 나 있어서 안으로 들어가기는 어렵지 않았다. 젊은이는 두 손으로 머리를 감싸 쥐고 있었기 때문에 제비가 날개를 파닥이는 소리를 듣지 못했다.

그가 고개를 들었을 때, 시든 제비꽃 옆에 아름다운 사파이어가 놓여 있었다.

"드디어 사람들이 내 재능을 알아 주는구나. 분명 내 연극에 감동받은 관객이 놓고 간 걸 거야. 이제 희곡을 마칠 수 있겠어."

젊은이는 무척 행복해 보였다.

다음 날 제비는 항구로 날아갔다. 제비는 큰 배의 돛대 위에 앉아 뱃사람들이 큰 궤짝들을 싣는 것을 지켜 보았다. 그들은 짐 하나를 끌어올릴 때마다 "영치기영차!" 하고 외쳤다.

"나는 이집트로 간다!"

제비가 소리쳤지만 아무도 듣지 못했다.

"작별 인사를 하러 왔어요."

달이 떠오르자 제비는 행복한 왕자에게 다시 날아갔다.

"제비야, 제비야, 작은 제비야. 하룻밤만 더 머물러 주지 않겠니?"

왕자가 부탁했다.

"이제 겨울이에요. 여긴 곧 눈이 내리고 추워질 거예요. 이집트에는 초록빛 야자수 위로 따사로운 햇살이 빛나고 악어들이 진흙 속에 누워 눈을 껌뻑거리고 있을 거예요. 친구들은 발벡 사원에 둥지를 틀고 비둘기들은 그 모습을 지켜 보며 구구울겠지요. 사랑하는 왕자님, 전 떠나야만 해요. 하지만 결코 잊지 못할 거예요. 내년 봄에는 왕자님의 보석들을 대신할 더 아름다운 보석을 가져다 드릴게요. 붉은 장미보다 더 붉은 루비와 드넓은 바다보다 더 파란 사파이어를요."

제비가 말했다.

"광장에 아주 어린 성냥팔이 소녀가 서 있단다. 성냥을 도랑에 떨어뜨리는 바람에 모두 못 쓰게 되었어. 집에 돈을 가져가지 않으면 소녀는 아버지에게 맞아 펑펑 울게 될 거야. 소녀는 양말도, 신발도 신지 않고 작은 머리를 가릴 모자 하나 없단다. 내 남은 눈을 그 소녀에게 가져다 주렴. 그러면 아버지에게 맞지 않을 거야."

왕자가 말했다.

"왕자님 곁에 하룻밤만 더 있어 드릴게요. 하지만 남은 눈마저 갖다 줄 수는 없어요. 그러면 왕자님은 아무것도 볼 수 없을 거예요."

제비가 말했다.

"제비야, 제비야, 작은 제비야! 내가 시키는 대로 하렴."

왕자가 말했다.

결국 제비는 마지막 남은 왕자의 눈을 뽑아 온 힘을 다해 날아갔다. 제비는 성냥팔이 소녀를 향해 쏜살같이 내려가 소녀의 손바닥에 보석을 떨어뜨려 주었다.

"와, 이 유리 조각 너무 예쁘다!"

소녀는 웃으며 집으로 달려갔고, 제비는 왕자에게 돌아갔다.

"이제는 제가 왕자님의 눈이 되어 드릴게요."

제비가 말했다.

"아니야, 작은 제비야. 어서 이집트로 가려무나."

불쌍한 왕자가 말했다.

"제가 언제나 곁에 있어 드릴게요."

제비는 왕자의 발치에서 잠이 들었다.

다음 날 제비는 왕자의 어깨에 앉아 머나먼 이국땅의 이야기를 들려 주었다. 나일 강둑에 길게 줄을 서서 부리로 물고기를 잡는 붉은 따오기 떼, 이 세상만큼 나이가 많고 모든 것을 다 알고 있는 사막의 스핑크스, 낙타 옆에서 천천히 걸으며 호박 목걸이를 실어 나르는 상인들, 달의 산에 살며 흑단만큼 까맣고 큰 수정을 숭배하는 왕, 야자수 아래에서 잠을 자며 열두 명의 사제들이 만들어 주는 꿀 과자를 먹고 사는 커다란 초록 뱀, 넓고 평평한 나뭇잎을 타고 큰 호수를 건너다니며 나비들과 전쟁을 벌이는 피그미족 이야기를 해 주었다.

"사랑하는 작은 제비야, 넌 정말 신기한 이야기를 많이 알고 있구나. 하지만 세상에서 가장 신기한 것은 바로 사람들이 겪는 고통이란다. 가난만큼 이해할 수 없는 게 또 있을까? 작은 제비야, 도시 위로 높이 날아올라 보이는 것을 이야기해 주렴."

왕자가 말했다.

제비는 거대한 도시 위로 날아올라 호화로운 저택에서 즐겁게 살고 있는 부자들과 그 집 문 앞에 쪼그려 앉아 있는 거지들을 보았다. 굶주림에 지친 창백한 얼굴로 어두운 골목길을 어슬렁거리는 아이들도 보았다. 다리 밑에서 어린 아이들이 몸을 따뜻하게 하려고 서로 꼭 껴안고 있는 것도 보았다.

"배고파 죽겠어."

아이들이 말했다.

"여기에서 자면 안 돼!"

야경꾼이 지나다가 아이들을 내쫓았다. 결국 아이들은 다리 밑에서 쫓겨나 빗속을 헤맸다.

제비는 왕자에게 돌아가 자신이 본 것을 이야기해 주었다.

"내 몸은 황금으로 덮여 있단다. 그것을 조금씩 떼어 가난한 아이들에게 가져다 주렴. 사람들은 금이 있으면 행복해질 거라고 생각하잖니."

왕자가 말했다.

제비가 황금을 조금씩 떼어 낼 때마다 행복한 왕자는 점점 어두운 잿빛이 되어 갔다. 그리고 제비가 가난한 아이들에게 황금을 갖다 줄 때마다 아이들의 얼굴은 점점 밝아졌다.

"우리도 이제 먹을 게 있다!"

아이들은 웃으며 뛰어놀았다.

눈이 내리고 그 다음에는 서리가 내렸다. 거리는 마치 은으로 만든 것처럼 반짝거렸다. 집집마다 처마 밑에 수정 같은 고드름이 달렸다. 모두 털외투를 꺼내 입었고, 어린 아이들은 주황빛 모자를 쓰고 얼음판에서 썰매를 탔다.

불쌍한 제비는 몹시 추웠지만 사랑하는 왕자를 떠날 수 없었다. 제비는 빵 가게 앞에 떨어진 빵 부스러기를 주워 먹고 쉼 없이 날개를 파닥거리며 몸을 덥혔다. 그리고 자신이 곧 죽으리라는 것을 알고 있었다.

제비는 마지막 남은 힘을 내어 왕자의 어깨 위로 날아올랐다.

　"안녕히 계세요, 사랑하는 왕자님! 작별 인사로 손등에 입맞춰도 될까요?"

　제비가 속삭였다.

　"드디어 이집트로 가는구나! 정말 다행이야, 작은 제비야. 넌 여기 너무 오래 머물러 있었어. 내 입술에 입맞춰 주렴. 나는 너를 아주 많이 사랑한단다."

　"저는 이집트로 가는 게 아니에요. 죽음의 집으로 간답니다. 죽음은 잠의 형제지요, 그렇죠?"

　제비는 행복한 왕자의 입술에 입을 맞추고 왕자의 발 밑에 떨어져 숨을 거두었다. 그 순간 동상 안쪽에서 무언가 깨지는 소리가 들렸다. 납으로 된 심장이 둘로 쪼개지는 소리였다. 무서우리만치 지독한 서리가 내리던 날이었다.

　다음 날 아침 일찍, 시장은 시의원들과 함께 광장을 거닐다가 동상을 올려다보았다.

　"세상에! 행복한 왕자가 저렇게 초라해지다니!"

　"정말 초라하기 그지없군요!"

　시장의 말이라면 무엇이든 맞장구를 치는 시의원들이 말했다. 그들은 기둥에 올라가 동상을 살펴보았다.

　"칼에 박혀 있던 루비도 떨어져 나가고 눈도 없어지고 황금도 다 벗겨졌잖아. 거지와 다를 바가 없군!"

시장이 말했다.

"정말 거지와 다를 바가 없군요."

시의원들이 또 맞장구를 쳤다.

"발 밑에는 새까지 죽어 있고 말이야! 새들은 이 도시에서 죽으면 안 된다는 법을 만들어야겠군."

시의회 서기가 시장의 제안을 받아 적었다. 그들은 행복한 왕자의 동상을 끌어내렸다.

"왕자는 아름답지 않기 때문에 더 이상 쓸모가 없습니다."

대학의 예술학과 교수가 말했다.

사람들은 동상을 용광로에 넣어 녹였고, 시장은 녹인 쇳물로 무엇을 만들지 결정하기 위해 시의회를 소집했다.

"우리는 마땅히 다른 동상을 만들어야 합니다. 바로 제 동상을 만들어야겠지요."

시장이 말했다.

"아니오, 내 동상을 만들어야 하오!"

시의원들은 저마다 외치며 다투었다.

내가 마지막으로 들은 이야기에 따르면, 그들은 여전히 싸우고 있다고 한다.

"정말 이상한 일도 다 있네! 이 납 심장은 용광로에서도 녹지 않으니 말이야. 그냥 내다 버려야겠어."

주물 공장 공장장이 고개를 갸웃거리며 말했다. 그러고는 죽은 제비가 버려진 쓰레기더미에 납 심장을 버렸다.

"이 도시에서 가장 귀중한 것 두 가지를 가져 오너라."
하느님이 명령했다.
천사가 쪼개진 납 심장과 죽은 제비를 들고 오자 하느님이
흐뭇하게 바라보았다.
"제대로 가져 왔구나. 이 작은 새는 천국의 정원에서 영원
히 노래할 것이며, 행복한 왕자는 황금으로 만든 도시에서 나
를 찬양할 것이다."

나이팅게일과 장미

"그 아가씨가 빨간 장미를 가져오면 나와 춤을 추겠대. 하지만 내 정원에는 빨간 장미가 한 송이도 없는걸."

젊은 학생이 한숨을 쉬며 말했다.

떡갈나무 둥지에 사는 나이팅게일은 이 말을 듣고 호기심이 생겨 나뭇잎 사이로 정원을 내려다보았다.

"내 정원에는 빨간 장미가 없다고!"

젊은 학생의 아름다운 두 눈에 눈물이 가득 고여 있었다.

"아, 행복이 이토록 사소한 것에 달려 있다니! 학자들이 쓴 책이라면 안 읽은 게 없고, 철학의 의미라면 모르는 게 없다고 자신만만해하던 내가 고작 장미 한 송이 때문에 초라해질 줄이야."

"드디어 진실한 사랑에 빠진 사람을 만났구나. 나는 그런 사람을 본 적도 없으면서 밤마다 사랑을 노래하고 별들에게 사랑 이야기를 들려 주었어. 하지만 이제 정말로 만나게 되었구나. 그 사람의 머리카락은 히아신스 뿌리처럼 까맣고 입술은 그가 애타게 찾는 장미처럼 붉구나. 하지만 얼굴은 열정 때문에 상아처럼 창백하고 이마에는 슬픔 때문에 그늘이 졌어."

나이팅게일이 말했다.

"내일 궁전에서 무도회가 열리면 내 사랑도 그 곳에 가겠지. 내게 빨간 장미가 있다면 그 아가씨는 동이 틀 때까지 나와 함께 춤을 출 텐데. 내게 빨간 장미가 있다면 그 아가씨는 내 품에 안겨 머리를 기댈 텐데. 우리는 두 손을 꼭 잡고 놓지 않을 텐데. 하지만 내겐 빨간 장미가 없어. 아가씨는 나를 거들떠보지도 않겠지. 아, 가슴이 찢어지는구나!"

젊은 학생이 혼잣말로 중얼거렸다.

"드디어 진실한 사랑에 빠진 사람을 만났구나. 내가 노래했던 사랑이 그에게는 아픔이고, 내가 기쁨으로 여겼던 사랑이 그에게는 슬픔이라니. 사랑은 정말 놀랍고 신비로워. 에메랄드보다 귀하고 오팔보다 값진 것, 진주나 석류와도 바꿀 수 없고 시장에서도 살 수 없는 것, 상인들이 사고팔 수도 없고 금을 달아 저울질해도 살 수 없는 것, 그게 바로 사랑이야."

나이팅게일이 말했다.

"궁중 악사들이 무대에서 현악기를 연주하면 내 사랑은 하프와 바이올린 소리에 맞추어 춤을 추겠지. 발이 바닥에 닿지 않을 만큼 사뿐사뿐 춤추는 그 아가씨를 화려한 옷을 입은 남자들이 에워싸겠지. 하지만 나는 춤을 출 수 없을 거야. 빨간 장미가 없으니까."

젊은 학생은 주저앉아 두 손으로 얼굴을 감싸고 눈물을 흘렸다.

"저 남자는 도대체 왜 우는 거니?"

꼬리를 치켜세우고 그 옆을 지나던 작은 초록도마뱀이 물었다.

"왜 우는 거야?"

햇살을 따라 이리저리 날아다니던 나비도 물었다.

"이유가 뭐래?"

데이지 꽃도 작고 낮은 목소리로 속삭였다.

"빨간 장미 때문에 울고 있어요."

나이팅게일이 대답했다.

"빨간 장미 때문이라고? 정말 별꼴이야!"

초록도마뱀과 나비와 데이지 꽃이 한목소리로 외쳤다. 빈정거리기 좋아하는 초록도마뱀은 대놓고 웃음을 터뜨렸다.

하지만 나이팅게일은 젊은 학생이 슬퍼하는 진짜 이유를 알고 있었기 때문에 떡갈나무에 조용히 앉아 사랑의 신비에 대해 생각했다. 그러다가 갑자기 갈색 날개를 펴고 하늘로 날아오르더니 그림자처럼 소리 없이 작은 숲을 지나 정원을 가로질러 날아갔다.

잔디밭 한가운데에 아름다운 장미 나무가 있었다. 장미 나무를 발견한 나이팅게일은 그리로 날아가 가느다란 가지에 내려앉았다.

"빨간 장미 한 송이만 주세요. 세상에서 가장 아름다운 노래를 불러 드릴게요."

나이팅게일이 부탁했다.

"내 장미는 하얀색이란다. 부서지는 파도처럼 하얗고 만년설보다 더 하얗지. 오래 된 해시계 근처에 사는 내 형제를 찾아가 보렴. 네가 원하는 것을 줄 수 있을지도 몰라."

백장미 나무가 고개를 저으며 대답했다.

나이팅게일은 오래 된 해시계 근처로 날아갔다.

"빨간 장미 한 송이만 주세요. 세상에서 가장 아름다운 노래를 불러 드릴게요."

나이팅게일이 부탁했다.

"내 장미는 노란색이란다. 호박으로 된 옥좌에 앉아 있는 인어 공주의 머리카락처럼 노랗고 목초지에 피어나는 수선화보다 더 노랗지. 학생 방의 창문 아래에 사는 내 형제를 찾아가 보렴. 네가 원하는 것을 줄 수 있을지도 몰라."

노란 장미 나무가 고개를 저으며 대답했다.

나이팅게일은 학생 방의 창문을 향해 날아갔다.

"빨간 장미 한 송이만 주세요. 세상에서 가장 아름다운 노래를 불러 드릴게요."

나이팅게일이 부탁했다.

"내 장미는 분명 빨간색이란다. 비둘기 발처럼 빨갛고 깊은 바닷속 동굴에서 이리저리 흔들리는 커다란 산호보다 더 빨갛지. 하지만 겨울을 나는 동안 추위로 줄기가 얼어붙고, 서리를 맞아 꽃망울이 떨어지고, 거센 바람에 가지마저 부러졌단다. 그래서 올해에는 꽃을 한 송이도 피우지 못할 것 같구나."

빨간 장미 나무가 고개를 저으며 대답했다.

"빨간 장미 한 송이면 돼요. 딱 한 송이요! 어떻게 구할 수 있는 방법이 없을까요?"

나이팅게일이 소리쳤다.

"방법이 있긴 하지만 너무 끔찍해서 말해 줄 수가 없단다."

빨간 장미 나무가 대답했다.

"말해 주세요. 전 두렵지 않아요."

나이팅게일이 말했다.

"빨간 장미 한 송이를 얻고 싶다면, 달빛 아래에서 노래를 불러 장미를 피워야 해. 그러고는 네 심장에서 흐르는 피로 장미를 물들여야 한단다. 내 가시에 너의 심장을 찔린 채로 노래

해야 해. 네가 밤새도록 내게 노래를 불러 주면, 내 가시가 네 심장을 점점 더 깊이 파고들 거야. 그러면 네 붉은 피가 내 줄기로 흘러들어 곧 내 피가 될 거야."

빨간 장미 나무가 말했다.

"빨간 장미 한 송이를 얻기 위해서는 죽음이란 큰 대가를 치러야 하는구나. 생명은 누구에게나 소중한 것! 푸른 숲에서 쉬고, 황금 마차를 탄 해님과 진주 마차를 탄 달님을 보는 게 얼마나 즐거운 일이었는지. 또 산사나무의 향기는 얼마나 감미롭고, 골짜기에 숨겨진 블루베리와 언덕에 흩날리는 히스꽃 향기는 얼마나 달콤했는지. 하지만 사랑은 생명보다 위대한 것! 한낱 새의 심장을 어떻게 인간의 사랑에 비교하겠어요?"

나이팅게일은 갈색 날개를 펴고 다시 하늘로 날아올랐다. 그러고는 그림자처럼 소리 없이 정원을 가로질러 작은 숲으로 갔다.

젊은 학생은 나이팅게일이 떠나기 전과 마찬가지로 여전히 잔디에 주저앉아 있었다. 아름다운 눈에는 아직도 눈물이 마르지 않았다.

"행복하세요. 부디 행복하세요. 제가 빨간 장미 한 송이를 드릴게요. 제가 달빛 아래에서 노래를 불러 장미를 피우고 제 심장에서 흐른 피로 붉게 물들일 거예요. 제가 원하는 게 있다면 그것은 오직 하나, 당신이 진정한 사랑을 이루는 것이랍니다. 사랑은 어떤 철학보다도 지혜롭고 어떤 권력보다도 강하답니다. 사랑의 몸은 불덩이처럼 뜨겁고 사랑의 날개는 불꽃처럼 찬란하지요. 사랑의 입술은 꿀처럼 달콤하고 그 숨결은 꽃처럼 향기롭지요."

나이팅게일이 말했다.

젊은 학생이 고개를 들고 귀를 기울였지만 나이팅게일의 말을 이해할 수는 없었다. 그는 오로지 책에 쓰여 있는 것만 알고 있었기 때문이다. 하지만 떡갈나무는 나이팅게일의 이야기를 모두 듣고 슬픔에 잠겼다. 자신의 가지에 둥지를 튼 나이팅게일을 무척 아꼈기 때문이다.

"마지막 노래를 불러 주렴. 네가 가면 너무나 외로울 거야."

떡갈나무가 속삭였다.

나이팅게일은 노래를 불렀다. 그 노래는 은쟁반에 옥구슬이 굴러가는 것처럼 아름다웠다. 나이팅게일이 노래를 마치자, 학생은 몸을 일으키고 주머니에서 연필과 공책을 꺼냈다.

"새의 노래에도 형식이 있구나. 그걸 부정할 수는 없겠어. 하지만 새에게도 감정이 있을까? 아마 없을 거야. 나이팅게일은 다른 예술가들처럼 진실성은 없으면서 형식만 따지는 거야. 남을 위해 자신을 희생할 줄도 모르겠지. 오직 음악만 생각할 테니까. 모든 사람이 알다시피 예술은 이기적이지. 나이팅게일의 노래는 분명히 아름답긴 해. 그런데 아무 의미도 없고 아무 쓸모도 없다니! 정말 안타까운 일이야."

젊은 학생이 숲을 거닐며 말했다.

그러고는 방으로 들어가 초라한 침대에 누워 사랑하는 여인을 생각하다가 곧 잠에 곯아떨어졌다.

드디어 밤이 되었다. 하늘에서 달빛이 쏟아지자 나이팅게일은 장미 나무에게 날아가 가시에 가슴을 기댔다. 나이팅게일은 밤새도록 가시에 가슴을 찔린 채 노래했다. 수정처럼 차가운 달도 그 모습을 바라보며 귀를 기울였다. 나이팅게일이 노래하는 동안 가시가 가슴에 점점 깊숙이 파고들었다. 나이팅게일의 작은 몸에서 붉은 피가 차츰차츰 빠져 나갔다.

나이팅게일은 먼저 소년 소녀의 마음 속에 갓 피어난 사랑을 노래했다. 한 소절, 두 소절, 노래를 부를수록 가지 끝에 아름다운 장미꽃이 한 잎, 두 잎 피어났다. 그러나 강가에 자욱하게 깔린 안개처럼 흐릿했다. 아침의 발처럼 희미하고 새벽의 날개처럼 은은하고 거울이나 연못에 비친 그림자처럼 창백했다.

"나이팅게일아, 더 깊숙이! 장미꽃을 피우기 전에 날이 밝겠어."

장미 나무는 나이팅게일에게 더 깊숙이 가시를 찔러 넣어야 한다고 외쳤다.

나이팅게일은 가슴에 가시를 더 깊숙이 찔러 넣고 더 크게 노래를 불렀다. 이번에는 한 남자와 여자의 마음에 불같이 타오르는 열정적인 사랑을 노래했다. 그러자 꽃잎에 옅은 분홍빛이 비치기 시작했다. 신랑과 신부가 입을 맞출 때 볼에 떠오르는 발그스레한 홍조 같았다. 하지만 가시는 아직 나이팅게일의 심장에 닿지 않았고, 꽃 속도 아직 하얀색이었다. 나이팅게일의 심장에서 흐른 붉은 피만이 속까지 붉게 물들일 수 있었다.

"나이팅게일아, 더 깊숙이! 장미꽃을 피우기 전에 날이 밝겠어."

장미 나무는 나이팅게일에게 더 깊숙이 가시를 찔러 넣어야 한다고 다시 외쳤다.

나이팅게일은 가슴에 가시를 더욱더 깊숙이 찔러 넣었다. 가시가 심장에 닿았다. 숨이 끊어지는 것처럼 격렬한 고통이 느껴졌다. 고통이 크면 클수록 노랫소리가 커졌다. 나이팅게일은 죽음을 통해 완성되는 사랑, 땅에 묻혀서도 결코 죽지 않는 사랑을 노래했다. 아름다운 장미가 마침내 붉은빛이 되었다. 해가 떠오를 때 붉게 물든 동녘 하늘빛 같았다. 꽃잎은 물론이고 속까지 새빨갛게 물들어 있었다.

나이팅게일의 작은 날개는 힘겹게 파닥거렸고 눈에는 얇은 눈꺼풀이 덮여 있었다. 나이팅게일은 점점 목이 메어 왔고, 노랫소리는 점점 희미해졌다. 마침내 나이팅게일은 노래의 마지막 소절을 토해 냈다. 하얀 달이 이 소리를 듣고 새벽이 오는 것도 잊은 채 하늘에 멈추어 섰다. 장미 나무는 온몸을 부르르

떨며 차가운 새벽에 꽃망울을 터뜨렸다. 마지막 노랫소리는 메아리가 되어 언덕에 있는 자줏빛 동굴까지 울려 퍼져 양치기들의 단잠을 깨웠다. 그러고는 강가에 내려가 갈대밭을 맴돌았다. 강이 그 노래를 바다까지 전해 주었다.

"이것 좀 봐! 빨간 장미야."

장미 나무가 소리쳤지만 나이팅게일은 대답할 수 없었다. 가슴에 가시가 박힌 채 잔디밭에 떨어져 죽었기 때문이다.

정오가 되었을 때에야 젊은 학생이 창문을 열고 밖을 내다보았다.

"빨간 장미잖아! 이런 행운이 찾아오다니! 이렇게 새빨간 장미는 태어나서 처음 봐. 이 아름다운 장미에게는 분명히 길고 어려운 라틴어 학명이 붙어 있을 거야."

젊은 학생은 창 밖으로 몸을 내밀어 꽃을 꺾었다.

그러고는 모자를 쓴 다음, 장미를 손에 들고 교수의 집으로 달려갔다. 교수의 딸은 현관 앞에 앉아 물레질을 하며 푸른빛 실을 뽑고 있었다. 그 발치에는 작은 강아지가 앉아 있었다.

"빨간 장미 한 송이를 가져오면 나와 춤을 추겠다고 했지요? 이 세상에서 가장 빨간 장미를 가져왔어요. 오늘 밤 무도회 때, 이 장미를 가슴에 꽂으세요. 함께 춤을 추다 보면 내가 당신을 얼마나 사랑하는지 알게 될 겁니다."

젊은 학생이 외쳤다.

"그 꽃은 내 드레스와 어울리지 않을 것 같네요. 더구나 시종장님의 조카분이 내게 진짜 보석들을 보내 오셨어요. 보석이 꽃보다 훨씬 비싸다는 건 누구나 다 아는 사실이지요."

아가씨가 눈살을 찌푸리며 말했다.

"이럴 수가! 당신은 배은망덕하기 짝이 없군요."

젊은 학생은 몹시 화가 나서 장미를 길가에 던져 버렸다. 도랑에 떨어진 장미 위로 마차가 지나갔다.

"어이가 없군요! 정말 무례하다는 말밖에 할 말이 없네요. 당신이 도대체 뭔데요? 고작 학생이잖아요. 시종장님 조카분처럼 구두에 은 장식도 없을걸요."

아가씨는 발딱 일어나더니 집 안으로 들어가 버렸다.

"사랑이란 얼마나 어리석은 것인가! 증명할 수도 없고 실용성으로 따져도 논리학의 반도 따라가지 못하는구나. 일어나지도 않을 일이나 꿈꾸게 하고 진실이 아닌 것을 믿게 하다니. 사랑은 정말 쓸모가 없어. 요즘 같은 시대에는 실용성이 으뜸이지. 어서 집으로 돌아가 형이상학이나 공부해야겠다."

젊은 학생은 곧장 집으로 돌아가 먼지가 수북이 쌓인 커다란 책을 꺼내 읽기 시작했다.

욕심쟁이 거인

학교에서 돌아온 아이들은 날마다 거인의 정원에서 뛰어놀았다. 아름답고 넓은 정원에는 부드러운 잔디가 깔려 있었다. 잔디밭 곳곳에는 예쁜 꽃들이 별처럼 빛났고, 복숭아나무 열두 그루가 봄이면 곱디고운 꽃을 피우고 가을이면 탐스러운 열매를 맺었다. 새들은 나뭇가지에 앉아 달콤한 노래를 불렀고, 아이들은 이따금씩 놀이를 멈추고 새 소리에 귀를 기울이곤 했다.

"여기 있으면 너무 행복해!"

아이들이 웃으며 말했다.

그러던 어느 날, 거인이 돌아왔다.

거인은 7년 전 콘월에 사는 도깨비 친구네 놀러 갔다. 친구

와 7년 동안 이야기를 나누고 이야깃거리가 다 떨어지자 다시 집으로 돌아온 것이다.

"여기에서 뭣들 하는 거야?"

거인이 정원에서 놀고 있는 아이들에게 퉁명스러운 목소리로 버럭 소리를 질렀다.

아이들이 깜짝 놀라 멀리 도망갔다.

"정원의 주인은 바로 나야. 그걸 모르는 사람은 없을 텐데. 그러니까 나 말고 다른 사람은 여기 들어오면 안 돼!"

거인은 정원 주변에 높은 담을 쌓고 경고문을 붙였다.

무단 침입 금지

불법 침입자는 엄히 처벌함

거인은 대단한 욕심쟁이였다. 불쌍한 아이들은 이제 뛰어놀 곳이 없었다. 길거리는 너무 지저분하고 딱딱한 돌멩이가 많았기 때문이다.

"정원에서 놀 때는 정말 행복했는데!"

학교에서 돌아온 아이들은 높은 담 주변을 서성거렸다.

봄이 되자 곳곳에 예쁜 꽃들이 피어나고 귀여운 새들이 날아다녔다. 그러나 욕심쟁이 거인의 정원은 아직 겨울이었다. 아이들이 보이지 않자 새들은 노래하지 않았고 나무들도 꽃 피우는 일을 잊어버렸다. 한 번은 아름다운 꽃 한 송이가 잔디 위로 머리를 쏙 내밀었다가 경고문을 보고는 아이들에게 너무 미안했는지 다시 땅 속으로 들어가 계속 겨울잠을 자 버린 일도 있었다. 거인의 정원에서 신이 난 것은 눈과 서리뿐이었다.

"봄이 거인의 정원을 잊어버렸나 봐. 일 년 내내 여기에서 살아도 되겠는걸!"

눈과 서리가 신이 나서 외쳤다.

눈은 하얀 망토로 잔디를 뒤덮어 버렸고 서리는 모든 나무를 은빛으로 꽁꽁 얼려 놓았다. 눈과 서리는 북풍도 초대했다. 북풍은 두꺼운 털옷을 입고 찾아와 하루 종일 으르렁거리며 정원을 돌아다니다가 굴뚝 꼭대기의 통풍관을 날려 버렸다.

"정말 신나는 곳이군. 우박도 불러야겠어."

북풍이 말했다.

그래서 우박도 왔다. 우박은 기왓장이 다 깨지도록 날마다 세 시간씩 지붕 위를 요란하게 뛰어다녔다. 또 정신 없이 정원을 휘젓고 다니기도 했다. 잿빛 옷을 입은 우박이 내쉬는 숨결은 얼음장처럼 차가웠다.

"봄은 왜 안 오는 걸까? 날씨가 좀 바뀌었으면 좋겠는데."

욕심쟁이 거인은 창가에 앉아 온통 새하얗고 찬바람이 쌩쌩 부는 정원을 내다보았다.

하지만 봄은커녕 여름도 올 생각을 하지 않았다. 가을은 다른 정원에는 황금빛 열매를 선물했지만 거인의 정원에는 아무 것도 주지 않았다.

"거인은 너무 욕심쟁이거든."

가을이 말했다.

거인의 정원은 언제나 겨울이었고, 북풍과 우박과 서리와 눈만이 나무 위에서 춤을 추었다.

어느 날 아침, 잠에서 깬 거인의 귓가에 아름다운 음악이 들려왔다. 너무나 감미로운 음악이라서 거인은 왕의 악대가 근처를 지나가는 줄 알았다. 하지만 그것은 작은 홍방울새의 노랫소리였다. 거인은 오랫동안 새가 지저귀는 소리를 듣지 못했기 때문에 그 소리가 마치 세상에서 가장 아름다운 음악처럼 들렸던 것이다.

새 소리가 들리자 우박이 거인의 정원에서 뛰어다니는 것을 멈추었고 북풍도 울부짖는 것을 그쳤다. 달콤한 향기가 열린 창문으로 흘러 들어왔다.

"봄이 왔구나!"

거인은 자리에서 벌떡 일어나 밖을 내다보았다. 거인이 본 것은 무엇이었을까?

바로 세상에서 가장 멋진 광경이었다. 아이들이 높은 담에 난 작은 구멍으로 들어와 나뭇가지마다 앉아 있었던 것이다. 나무 한 그루에 아이가 하나씩 앉아 있었다. 나무들은 아이들이 돌아와서 뛸 듯이 기뻤다. 나무들은 꽃을 한 아름 피우고 아이들 머리 위로 부드럽게 가지를 흔들었다. 새들은 날아다니며 즐겁게 노래했고 푸른 잔디 사이로 피어난 꽃들은 아이들을 보며 웃음을 터뜨렸다.

하지만 정원 한 구석만은 아직도 겨울이었다. 정원에서 가장 후미진 곳에 아주 어린 소년이 하나 서 있었다. 그 아이는 너무 작았기 때문에 나무에 올라갈 수가 없어서 울며 나무 둘레를 빙빙 돌기만 했다. 불쌍한 그 나무는 아직도 서리와 눈에 덮여 있었고, 나무 꼭대기에서는 북풍이 사납게 으르렁거리고 있었다.

"올라와 봐! 꼬마야."

나무가 가지를 아래로 힘껏 구부려 주었지만 아이는 너무 작았다.

그 모습을 본 거인은 얼어붙은 마음이 눈 녹듯 사르르 녹아 버렸다.

"내가 너무 욕심이 많았구나! 왜 정원에 봄이 오지 않는지 이제야 알겠어. 저 아이를 나무 위에 올려 준 다음, 담을 모두 허물어야지. 내 정원을 영원히 아이들의 놀이터로 만들겠어."

거인은 진심으로 후회했다.

거인은 살며시 계단을 내려가 조용히 현관문을 열고 정원으로 나갔다. 거인을 본 아이들이 무서워서 도망치자 정원에는 다시 겨울이 찾아왔다.

하지만 작은 아이는 도망가지 않았다. 눈에 눈물이 가득 고여 있어서 거인이 오는 것을 보지 못했기 때문이다. 거인은 살그머니 다가가 소년을 나무 위에 올려 주었다. 그러자 나무에는 금세 꽃이 피어나고 새들이 날아와 지저귀기 시작했다. 작은 아이는 두 팔을 뻗어 거인의 목을 끌어안고 뺨에 입을 맞추었다.

거인이 더 이상 심술궂게 굴지 않는 것을 보고 아이들이 돌아왔다. 아이들과 함께 봄도 다시 찾아왔다.

"이제 여기는 너희들의 정원이란다, 얘들아."

거인은 커다란 도끼를 들고 나와 담을 모두 허물어 버렸다. 그 날 정오쯤 장을 보러 가던 사람들은 세상에서 가장 아름다운 정원에서 거인이 아이들과 함께 놀고 있는 것을 보았다. 하루 종일 신나게 뛰어논 아이들은 저녁이 되자 거인에게 와서 작별 인사를 했다.

"그 작은 아이는 어디 있니? 내가 나무에 올려 준 애 말이야."

거인이 물었다.

거인은 자신에게 입을 맞춰 준 그 아이가 무척 사랑스러웠다.

"잘 모르겠어요. 벌써 집에 갔나 봐요."

아이들이 대답했다.

"그 애한테 내일도 꼭 놀러 오라고 전해 주렴."

거인이 말했다.

아이들은 그 작은 아이가 어디 사는지 모르고 본 적도 없다고 말했다. 거인은 몹시 슬펐다.

학교에서 돌아온 아이들은 날마다 거인과 함께 정원에서 놀았다. 하지만 거인은 가장 아끼는 그 아이를 다시 볼 수 없었다.

거인은 모든 아이들이 사랑스러웠지만 맨 처음 사귄 작은 친구가 몹시 그리웠다.

"그 애가 얼마나 보고 싶은지 몰라!"

거인은 그 아이 이야기를 자주 했다.

세월이 흘러 거인은 늙고 쇠약해졌다. 이제 아이들과 뛰어 놀 수 없게 된 거인은 커다란 안락의자에 앉아 아름다운 정원과 아이들이 뛰노는 모습을 지켜 보기만 했다.

"정원에는 정말 아름다운 꽃들이 많구나. 하지만 가장 아름다운 꽃은 바로 아이들이야."

거인이 말했다.

어느 겨울날 아침, 그는 옷을 입으며 창 밖을 내다보고 있었다. 거인은 이제 겨울이 싫지 않았다. 겨울이 와야 봄도 잠을 자고 꽃들도 편히 쉴 수 있다는 것을 깨달았기 때문이다. 갑자기 거인이 깜짝 놀란 듯 두 눈을 비비며 밖을 다시 내다보았다.

정말 믿기 힘든 광경이 펼쳐져 있었다. 정원에서 가장 후미진 곳에 있는 나무가 하얀 꽃으로 뒤덮여 있었던 것이다. 금빛 나뭇가지에는 은빛 열매들이 주렁주렁 열려 아주 아름다웠다. 그리고 나무 아래에 거인이 사랑하는 작은 아이가 서 있었다.

거인은 너무 기뻐서 계단을 성큼성큼 뛰어 내려가 정원으로 나갔다. 그러고는 정원을 가로질러 아이에게 다가갔다.

아이 앞에 선 거인은 분노로 얼굴이 벌겋게 달아올랐다.

"누가 너를 다치게 한 거니?"

거인이 말했다.

아이의 양 손바닥에는 못 자국이 나 있었고 작은 발에도 못 자국이 뚜렷했다.

"대체 누가 너를 아프게 했니? 어서 말하렴. 내가 가서 큰 칼로 그 놈 숨통을 끊어 놓을 테니까."

거인이 외쳤다.

"그러지 마세요. 이건 사랑의 상처예요."

아이가 말했다.

"너는 누구니?"

거인이 되물었다.

갑자기 거인은 알 수 없는 경외감에 사로잡혀 작은 아이 앞에 무릎을 꿇었다.

"제가 아저씨네 정원에서 놀 수 있게 해 주셨으니, 오늘은

저의 정원으로 가요. 천국으로요."

아이는 웃으며 거인에게 말했다.

그 날 오후 아이들이 거인의 정원으로 놀러 왔을 때, 거인은 새하얀 꽃이 흐드러지게 피어 있는 아름다운 나무 아래 누워 있었다. 거인은 이미 숨을 거두었다.

헌신적인 친구

어느 날 아침, 늙은 물쥐가 쥐구멍 밖으로 머리를 쏙 내밀었다. 물쥐는 말똥말똥 빛나는 눈에 뻣뻣한 잿빛 수염이 났고, 꼬리는 지우개 찌꺼기같이 시커멓고 길었다. 연못에는 노란 카나리아처럼 귀여운 아기오리들이 있었는데, 몸통은 새하얗고 다리는 새빨간 엄마오리가 물 속에 머리를 집어 넣어 보이며 아기오리들에게 열심히 자맥질을 가르치고 있었다.

"자맥질을 제대로 하지 못하면 절대 상류층이 될 수 없단다."

엄마오리는 아기오리들에게 누누이 강조하며 또다시 자맥질 시범을 보여 주었다. 하지만 아기오리들은 엄마오리의 말을 귀 기울여 듣지 않았다. 아직 너무 어려서 상류층이 뭐가 좋은

지 도대체 알 수가 없었기 때문이다.

"저런 불효막심한 것들! 물에 빠져 죽어도 시원치 않겠구면."

늙은 물쥐가 소리쳤다.

"그런 말씀 마세요. 누구나 처음에는 다 똑같잖아요. 부모는 모름지기 끝까지 참아야 해요."

엄마오리가 말했다.

"아, 부모의 심정이 뭔지 알게 뭐람! 난 가정적이지 않으니까. 결혼을 한 적도 없고, 하고 싶었던 적도 없는걸. 사랑도 나름대로 훌륭하겠지만 그보다 더 고귀한 건 우정이야. 이 세상에서 헌신적인 우정보다 더 소중하고 고상한 것은 없다네."

늙은 물쥐가 말했다.

"그럼 헌신적인 우정이 어떤 거라고 생각하세요?"

바로 옆 버드나무 위에 앉아 있다가 우연히 대화를 듣게 된 방울새가 물었다.

"내가 묻고 싶은 것도 바로 그거라니까요."

엄마오리는 짜증 섞인 말로 톡 쏘아붙이고는 연못 끝으로 헤엄쳐 갔다. 그러고는 다시 아기오리들에게 자맥질 시범을 보였다.

"그런 바보 같은 질문이 어디 있나? 헌신적인 우정은 당연히 친구가 내게 모든 걸 베푸는 것이지!"

물쥐가 말했다.

"그럼 당신은 그 보답으로 뭘 해 줄 건데요?"

방울새는 작은 날개를 파닥여 은빛 물보라를 일으키며 물었다.

"해 주긴 뭘 해 줘? 도무지 이해를 못 하겠군."

물쥐가 대꾸했다.

"헌신적인 우정 이야기 하나 해 드릴까요?"

방울새가 말했다.

"내가 들을 만한 이야기인가? 그렇다면 한번 들어 보지. 난 이야기를 정말 좋아하거든."

"들어야 하고말고요."

방울새는 연못가로 내려와 헌신적인 친구 이야기를 시작했다.

"옛날 아주 옛날에 한스라는 정직하고 자그마한 남자가 살았어요."

"잘생긴 친구였나?"

물쥐가 물었다.

"아니요. 잘생기진 않았지만 얼굴이 동그스름하고 상냥해 보였어요. 마음씨가 착하고 재미있는 친구였지요."

한스는 작은 집에 살았는데 날마다 자기 정원에서 열심히 일을 했어요. 그 마을에서 한스네보다 더 아름다운 정원은 없었답니다. 왕수염패랭이꽃, 비단향꽃무, 냉이꽃, 프랑스산 풀꽃이 자랐고, 빨갛고 노란 장미도 있었고, 금빛 사프란과 라일락도 있었고, 자줏빛과 흰빛의 제비꽃도 있었어요. 참매발톱꽃, 황새냉이, 꿀풀, 야생 바질, 서양깨풀, 붓꽃, 수선화, 카네이션도 피어 있었지요. 꽃들은 다달이 순서대로 피어나서 한 가지 꽃이 지면 다른 꽃이 그 자리를 대신했어요. 그래서 한스네 정원은 언제나 아름다운 꽃과 기분 좋은 향기로 가득했어요.

자그마한 한스는 친구가 많았지만 키가 큰 밀러와 가장 친했어요. 밀러는 방앗간 주인이고 부자였는데, 한스에게 너무나 헌신적인 나머지 담 너머를 들여다보지 않고는 친구네 집을 그냥 지나치지 못했어요. 꽃을 한 다발 꺾거나, 향기로운 허브를 한 줌 잡아 뜯거나, 자두나 버찌를 따서 주머니에 가득 채워 넣어야 직성이 풀렸거든요.

"진정한 친구는 모든 것을 나눠 가져야 한다네."

방앗간 주인 밀러가 이렇게 말할 때마다 한스는 고개를 끄덕이며 웃음을 머금었어요. 한스는 고상한 생각을 하는 친구가 있다는 게 몹시 자랑스러웠답니다.

가끔씩 이웃 사람들은 돈 많은 방앗간 주인이 가난한 한스에게 아무런 보답도 하지 않는 것을 이상하게 생각했어요. 밀러네 방앗간에는 밀가루가 백 가마나 쌓여 있고, 젖소도 여섯 마리나 있고, 양털을 얻을 수 있는 양 떼도 있었거든요. 하지만 한스는 불평하지 않았어요. 방앗간 주인은 진정한 우정이란 모든 것을 다 주는 헌신적인 것이라고 이야기하곤 했는데, 한스는 친구가 늘어놓는 근사한 이야기를 듣는 게 좋았거든요.

한스는 자기 정원에서 일한 것으로 먹고 살았어요. 봄, 여름, 가을에는 더 없이 행복했지요. 하지만 시장에 팔 꽃도, 과일도 없는 겨울이 되면 춥고 배고파서 무척 힘들고 어려웠어요. 저녁으로 말린 배나 딱딱한 씨앗으로 겨우 배를 채우고 잠자리에 들어야 했지요. 게다가 겨울에는 방앗간 주인 밀러가 놀러 오지 않아서 무척 외로웠어요.

"눈이 오는 동안에는 땅딸보 한스를 보러 가지 않는 게 좋겠어. 사람이 곤경에 처했을 때는 혼자 있는 시간이 필요하거든. 귀찮게 하지 않는 게 좋다고. 난 그게 바로 우정이라고 생각해. 내 말이 틀림없다니까. 그러니 봄이 올 때까지 기다렸다가 한스를 찾아가야지. 그 때는 내게 달맞이꽃을 한 바구니 줄 수 있을 테고, 그러면 그 친구는 무척 행복해할 거야."

밀러가 아내에게 말했어요.

"역시 당신은 다른 사람을 배려할 줄 안다니까요. 정말 생각이 깊어요. 당신이 하는 우정 이야기를 듣고 있으면 너무 흐뭇해진답니다. 신부님이라 하더라도 당신처럼 말을 잘하지는 못할 거예요. 그 신부님이 손가락에 금반지를 끼고 삼 층짜리

저택에 살고 있다고 해도 말이에요."

커다란 벽난로 앞의 안락의자에 앉아 소나무 장작불을 쬐고 있던 밀러의 아내가 말했어요.

"한스 아저씨더러 우리 집에 오시라고 하면 안 돼요? 불쌍한 한스 아저씨에게 수프도 나눠 드리고 하얀 토끼도 보여 드리고 싶어요."

밀러의 어린 아들이 말했어요.

"그게 무슨 얼빠진 소리냐!"

밀러가 소리쳤어요.

"학교에서 도대체 뭘 배우는 거니? 제대로 아는 게 하나도 없구나. 생각해 보렴. 땅딸보 한스가 우리 집에 와서 따뜻한 벽난로와 훌륭한 식사와 커다란 포도주 통을 본다고 해 보자. 분명히 우리를 부러워하게 될 게다. 시기심은 아주 나쁜 마음이란다. 사람의 성격을 망쳐 놓거든. 한스를 나쁜 사람으로 만들면 되겠니? 나는 절친한 친구니까 한스가 유혹에 빠지지 않도록 지켜 줘야 해. 게다가 한스가 우리 집에 온다면 밀가루를 외상으로 꿔 달라고 부탁할 텐데, 난 절대 그럴 수 없거든. 밀가루와 우정은 별개의 문제란다. 그 둘을 헷갈리면 안 돼. 왜냐고? 글자도 다르고 뜻도 다르니까. 그건 누구나 다 아는 거란다."

"지당하신 말씀이에요! 근데 왜 이렇게 졸리죠? 꼭 교회에

와 있는 것 같아요."

밀러의 아내가 커다란 잔에 맥주를 따르며 말했어요.

"행동을 제대로 하는 사람은 많아도 말을 제대로 하는 사람은 드물지. 왜냐하면 말하는 게 더 어렵고 훨씬 훌륭한 일이니까."

밀러는 맞은편에 앉아 있는 어린 아들을 근엄한 표정으로 바라보았어요. 아이는 너무 부끄러운 나머지 얼굴이 홍당무가되어 고개를 푹 숙였어요. 그러고는 찻잔 위로 눈물을 뚝뚝 흘리기 시작했어요. 너무 어려서 저도 모르게 눈물이 나왔던 거예요.

"그게 끝인가?"

물쥐가 물었다.

"당연히 아니죠. 이야기는 이제 시작이에요."

방울새가 대답했다.

"아니, 이렇게 시대에 뒤떨어진 친구를 봤나. 요즘 솜씨 좋은 이야기꾼들은 결론부터 시작해서 맨 처음으로 갔다가 중간에서 끝을 맺지. 그게 신식이라네. 지난번 연못가를 거닐던 한 젊은이와 평론가에게서 들었지. 평론가가 장황한 설명을 늘어놓았는데, 난 그가 한 말이 다 옳다고 생각해. 왜냐하면 그 평론가는 대머리에 파란 안경을 끼고 있었는데, 젊은이가 무슨 말을 하든지 '흥!' 하고 콧방귀를 뀌더라고. 어쨌든 하던 얘기를 계속 해 보게. 방앗간 주인 밀러가 정말 마음에 드는걸. 고상한 생각을 하기 때문인지 나와 통하는 구석이 있어."

물쥐가 말했다.

"좋아요."

방울새가 폴짝 뛰어 다른 발로 바꾸어 서며 말했다.

겨울이 끝나고 별 모양의 연노란 달맞이꽃이 피기 시작하자, 방앗간 주인 밀러는 아내에게 이제 땅딸보 한스를 찾아가 봐야겠다고 말했어요.

"당신은 정말 마음씨가 따뜻해요! 언제나 남을 세심하게 배려한다니까요. 참, 꽃을 담아 올 큰 바구니를 꼭 가져가세요."

밀러의 아내가 말했어요.

밀러는 풍차 날개를 튼튼한 쇠사슬로 묶어 놓은 다음, 큰 바구니를 들고 언덕을 내려갔어요.

"잘 있었나, 땅딸보 한스."

밀러가 인사했어요.

"오, 자네 왔군."

삽에 기대어 있던 한스는 입이 귀에 걸릴 만큼 환하게 웃으며 인사했어요.

"겨울 동안 어떻게 지냈나?"

밀러가 물었어요.

"그런 걸 물어 봐 주다니 정말 고맙네. 겨우내 몹시 힘들었다네. 하지만 이제 봄이 되었으니 아주 행복해. 꽃들도 예쁘게 피고."

한스가 대답했지요.

"겨우내 아내와 자네 얘기를 자주 나눴다네. 어떻게 지내는지도 무척 궁금했고."

밀러가 말했어요.

"역시 자넨 좋은 친구야. 날 잊었으면 어쩌나 조금 걱정했거든."

한스가 말했어요.

"그렇게 생각하다니 실망이군. 우정은 친구를 잊지 않는 거야. 그게 우정의 가장 큰 미덕이지. 자네는 시적인 표현을 잘 모르겠지만 말이야. 그건 그렇고, 달맞이꽃이 정말 탐스럽군."

밀러가 말했어요.

"정말 예쁘지? 그리고 무척 많이 피었다네. 정말 다행이야. 장에 가져가 시장님 딸에게 팔면 그 돈으로 외바퀴 손수레를 다시 살 수 있을 거야."

한스가 말했어요.

"외바퀴 손수레를 다시 산다고? 전에 있던 걸 팔아 치웠나? 왜 그런 바보 같은 짓을 했나!"

밀러가 말했어요.

"그럴 수밖에 없었어. 겨우내 정말 힘들었거든. 빵 살 돈이 한 푼도 없었어. 처음에는 주일에 입는 양복에서 은단추를 떼다 팔고, 그 다음에는 은목걸이를, 그 다음에는 큰 파이프를 내다 팔았지. 그러다 결국 손수레까지 팔았다네. 하지만 이제 모두 다시 살 수 있을 거야."

한스가 말했어요.

"한스, 내가 자네에게 외바퀴 손수레를 주도록 하지. 그리 좋은 건 아니야. 한쪽 널빤지는 완전히 떨어져 나갔고, 바퀴살 몇 개도 온전치 않거든. 그래도 자네에게 주겠네. 나도 알아. 내가 너무 너그럽다는 걸. 덜컥 수레를 줘 버리면 사람들이 날 어리석다고 하겠지만 난 세상 사람들과 다르다네. 내 생각에 헌신은 우정의 본질이야. 손수레야 또 사면 그만 아닌가. 맘을 편히 가지게. 내가 손수레를 줄 테니까."

밀러가 말했어요.

"자넨 정말 좋은 친구야. 그 정도 고치는 거야 식은 죽 먹기지. 집에 쓸 만한 널빤지가 있거든."

한스는 둥근 얼굴에 기분 좋은 웃음을 가득 띠었어요.

"널빤지라고! 우리 헛간 지붕을 고치는 데 쓰면 딱 좋겠군. 지붕에 엄청나게 큰 구멍이 나서 당장 고치지 않으면 옥수수가 다 젖어 버릴 거야. 때마침 그 얘기를 해 주다니, 정말 다행이야! 선행이 또다른 선행을 부르는 건 정말 감동적인 일이지. 내가 자네에게 손수레를 줬으니 자네는 내게 널빤지를 주는 거야. 물론 손수레가 널빤지보다 훨씬 비싸지만 진정한 친구는 그런 것 따위에는 신경 쓰지 않는다네. 어서 널빤지를 내 오게. 오늘 당장 헛간을 고쳐야겠어."

밀러가 말했어요.

"알았어."

한스는 창고로 들어가 얼른 널빤지를 가져왔어요.

"그다지 크지는 않군."

밀러가 널빤지를 보며 말했어요.

"헛간 지붕을 고치고 나면 손수레까지 고치기에는 모자라겠는걸. 하지만 어쩌겠나. 내 잘못도 아닌데. 자, 이제 내가 손수레를 주었으니 자네는 그 보답으로 당연히 꽃을 줘야지. 바구니는 여기 있네. 가득 채우는 것을 잊지 말게."

"가득 채우라고?"

한스가 풀이 죽은 목소리로 말했어요.

밀러가 가져온 바구니는 정말 컸거든요. 바구니를 가득 채우면 시장에 내다 팔 꽃이 남지 않을 것 같았어요. 한스는 은단추를 못 살까 봐 걱정이 되었지요.

"사실 말이지, 자네에게 손수레를 주었으니 그깟 꽃 몇 송이 받아 가는 게 그리 대단한 일은 아니라고 생각하네. 내가 틀릴 수도 있지만 말이야. 우정이라면, 진정한 우정이라면 어떤 종류의 이기심에서도 자유로워야 한다고 생각하네."

밀러가 말했어요.

"사랑하는 친구여, 내 정원에 있는 꽃이라면 무엇이든 기꺼이 주겠네. 은단추를 사는 것보다 자네의 고귀한 의견을 듣는 게 더 값지니까."

한스는 서둘러 아름다운 달맞이꽃을 따서 밀러의 바구니를 가득 채워 주었어요.

"잘 있게, 땅딸보 한스."

밀러가 말했어요. 그는 한 쪽 어깨에 널빤지를 짊어지고 다른 쪽 손엔 바구니를 들고 언덕을 올라갔어요.

"잘 가게."

한스는 즐거운 마음으로 땅을 파기 시작했어요. 손수레 생각을 하자 기분이 좋아졌거든요. 다음 날, 한스가 현관 옆 담쟁이덩굴을 고정시키고 있는데 길에서 밀러의 목소리가 들렸어요. 한스는 사다리에서 냉큼 뛰어내려 정원으로 달려가 담 너머를 내다보았지요. 밀러가 커다란 밀가루 포대를 등에 지고 있었어요.

"내 친구 한스, 이 밀가루 포대 좀 시장까지 날라다 주겠나?"

밀러가 말했어요.

"미안해서 어쩌지. 오늘은 정말 바쁘거든. 덩굴도 고정시켜야 하고, 꽃에 물도 줘야 하고, 잔디도 가지런히 다듬어야 해."

한스가 말했어요.

"내가 자네에게 손수레를 준 걸 생각한다면 내 부탁을 거절하는 게 너무 매정한 것 아닌가?"

밀러가 말했어요.

"그런 말 말게. 난 매정한 사람이 아니라네."

한스는 집에 들어가 얼른 모자를 갖고 나왔어요. 그러고는 어깨에 커다란 포대를 지고 터벅터벅 걸음을 옮겼지요. 날씨는 푹푹 찌고 길은 먼지투성이였어요. 여섯 번째 이정표가 있는 곳에 닿기도 전에 한스는 몹시 지쳐 잠깐 쉬어야 했지요. 하지만 우직하게 계속 걸어서 끝내 시장에 도착했답니다. 한스는 밀가루를 비싼 값에 팔고 단숨에 집으로 돌아왔어요. 우물쭈물하다가 날이 저물면 길에서 강도를 만날 수도 있으니까요.

"정말 힘든 하루였어. 그래도 친구의 부탁을 들어 줘서 참 다행이야. 밀러는 가장 친한 친구이고 손수레도 주기로 했잖아."

한스는 잠자리에 들며 혼잣말로 중얼거렸어요.

다음 날 아침 일찍, 밀러가 밀가루 판 돈을 받기 위해 한스를 찾아왔어요. 그 전날 너무 힘들었던 한스는 아직 일어나지 못했어요.

"자네 너무 게으른 것 아닌가. 내가 손수레까지 주기로 했는데 더 열심히 일할 생각을 해야지. 게으름은 큰 죄악이야. 나는 내 친구가 게으르고 나태한 꼴을 참을 수 없다네. 내가 자네에게 너무 솔직하다고 언짢을 것 없어. 친구가 아니라면 누가 이런 말을 해 주겠나. 하고 싶은 말도 제대로 못 한다면 진정한 우정이 아니지. 누구든 듣기 좋은 말로 남을 기쁘게 하거나 아부하기는 쉬운 법이야. 하지만 진정한 친구라면 듣기 싫은 소리도 해야 하고 마음 상하게 하는 말도 기꺼이 해야 하는 거라네. 진정한 친구라면 오히려 감사하게 생각해야 해. 그게 옳은 일이니까."

밀러가 말했어요.

"정말 미안하게 됐네. 너무 피곤해서 침대에 누워 새 소리를 좀 듣고 있었던 것뿐이야. 내가 새 소리를 들으면 일을 더 잘한다는 걸 자네도 알지 않나?"

한스가 눈을 비비며 밖으로 나왔어요.

"자, 어서 옷 갈아 입고 나오게. 우리 방앗간에 와서 지붕을 좀 고쳐 줬으면 좋겠군."

밀러가 한스의 어깨를 두드리며 말했어요. 불쌍한 한스는 정원 일을 못 하게 될까 봐 무척 걱정이 되었어요. 이틀이나 꽃에 물을 주지 못할 테니까요. 하지만 한스는 가장 친한 친구의 부탁을 거절하고 싶지 않았어요.

"내가 바쁘다고 말하면 너무 매정한 거겠지?"

한스는 부끄러운 듯 조그만 목소리로 물었어요.

"내가 자네에게 주기로 한 손수레를 생각한다면 이게 무리한 부탁은 아니라고 생각하네. 그래도 자네가 거절한다면 나 혼자 고쳐야지, 뭐."

밀러가 말했어요.

"오! 그럴 수는 없지."

한스는 얼른 옷을 갈아 입고 밀러네로 갔어요. 한스는 밀러네 지붕에서 하루 종일 일을 했고, 밀러는 해가 질 즈음에야 일이 잘 되었는지 살펴보러 왔어요.

"지붕에 난 구멍은 다 고쳤나, 땅딸보 한스?"

밀러는 쾌활한 목소리로 물었어요.

"다 고쳤다네."

한스는 사다리를 내려오며 대답했지요.

"아! 다른 사람을 위해서 일하는 것처럼 즐거운 것은 없을 거야."

밀러가 말했어요.

"자네 얘기를 듣는 건 큰 행운이야. 정말 대단한 행운이지. 난 자네같이 멋진 생각은 죽을 때까지 못 할 거야."

한스는 자리에 앉아 이마에 난 땀을 훔치며 말했어요.

"오! 자네도 할 수 있을 거야. 하지만 고난을 좀더 겪어야 할 거야. 지금은 우정을 연습하는 수준이지만 언젠간 이론도 확실하게 알게 될걸세."

밀러가 말했어요.

"정말 나도 할 수 있을까?"

한스가 물었어요.

"그렇고말고. 오늘은 지붕을 고쳤으니 이제 그만 집에 가서 쉬는 게 좋겠어. 내일은 자네가 양 떼를 몰고 산에 올라가 줬으면 좋겠거든."

밀러가 덧붙였어요.

불쌍한 한스는 대꾸할 엄두도 내지 못했지요.

다음 날 아침 일찍, 밀러가 양 떼를 몰고 한스를 찾아왔어요. 한스는 양 떼를 몰고 산으로 올라갔지요. 하루 종일 양 떼를 몰고 집에 돌아온 한스는 너무 피곤해서 의자에 앉은 채 곯아떨어졌고, 다음 날 해가 중천에 뜰 때까지 잠을 잤어요.

"드디어 우리 정원에서 일하게 되다니, 정말 신난다!"

한스는 단숨에 정원으로 뛰어나갔어요. 하지만 여전히 꽃을 돌볼 수 없었어요. 밀러가 계속 찾아와 심부름을 시키거나 방앗간 일을 도와 달라고 했기 때문이지요. 한스는 무척 괴로웠어요. 꽃들이 서운해할까 봐 무척 걱정스러웠지요. 한스는 밀러가 가장 친한 친구인 것을 떠올리며 스스로를 위로했답니다.

'밀러는 손수레까지 주기로 했잖아. 정말 좋은 친구야.'

그래서 한스는 늘 밀러를 위해 일했고 밀러는 온갖 아름다운 우정 이야기들을 늘어 놓았어요. 그러면 한스는 그 이야기들을 공책에 받아 적고 자기 전에 다시 읽어 보곤 했지요. 한스는 아주 부지런한 학생이기도 했거든요.

그러던 어느 날 저녁, 한스가 벽난롯가에 앉아 있는데 갑자기 누군가 현관문을 세차게 두드렸어요. 그 날 따라 험상궂은 날씨에 바람까지 세차게 몰아치고 있었기 때문에 처음엔 그냥 돌풍이라고 생각했어요. 하지만 두 번, 세 번, 문 두드리는 소리가 점점 더 크게 들렸지요.

"길 잃은 나그네라도 왔나 보다."

한스는 혼자 중얼거리며 현관으로 나갔어요. 그런데 문을 열어 보니 밀러가 한 손에는 손전등을 들고 한 손에는 기다란 지팡이를 든 채 서 있었어요.

"내 친구 한스! 큰일 났네, 큰일 났어. 우리 아들이 사다리에서 떨어져 다쳤다네. 의사를 부르러 가야 해. 하지만 거긴 너무 먼데다 오늘 밤은 날씨도 나쁘잖아. 그러니까 나 대신 자네가 가는 게 낫겠다는 생각이 들지 뭔가. 내가 손수레를 주기로 한 걸 기억하고 있겠지? 그렇다면 그 보답으로 내게 뭔가 해 줘야 공평하잖아!"

밀러가 소리쳤어요.

"암, 그렇고 말고. 나를 믿고 찾아와 줘서 고마워. 당장 출발

하도록 하지. 그런데 그 손전등 좀 빌려 주겠나? 날이 너무 어두워서 도랑에 빠질지도 모르니까 말이야."

한스도 소리쳤어요.

"정말 미안하네. 이건 새로 산 거라서 말이야. 고장이라도 나면 큰일이지 않나."

"괜찮아. 신경 쓰지 말게. 그것 없이도 갈 수 있으니까."

밀러와 한스는 큰 소리로 얘기했어요.

한스는 큼지막한 털외투를 걸치고 따뜻한 자줏빛 모자를 쓰고 목도리까지 단단히 두르고 길을 나섰어요. 그 날 폭풍우는 정말 무시무시했어요! 날이 너무 어두워서 한 치 앞도 보이지 않았지요. 바람은 또 얼마나 거센지 서 있기조차 힘들었어요. 하지만 한스는 꼬박 세 시간을 걸어 의사에게 갔어요.

한스가 문을 두드렸어요.

"누구요?"

의사가 창 밖을 내다보며 물었어요.

"한스입니다, 선생님."

"무슨 일인가, 한스?"

"방앗간 집 아들이 사다리에서 떨어져 심하게 다쳤어요. 방앗간 주인이 좀 와 주십사 부탁했습니다."

"알았소!"

의사는 말과 커다란 장화와 손전등을 준비하라고 이른 다음 아래층으로 내려왔어요. 의사가 말을 타고 방앗간으로 가는 동안 한스는 그 뒤를 터덜터덜 쫓아갔지요. 폭풍우는 점점 더 거세지고 비도 억수같이 퍼부었어요. 한스는 의사가 탄 말을 놓쳐 길을 잃고 말았어요. 한스는 깊은 구덩이가 널려 있는 아주 위험한 습지를 헤매기 시작했어요. 그러다가 결국 물에 빠져 죽고 말았답니다. 다음 날 염소를 치던 목동들이 커다란 물웅덩이를 떠다니는 한스의 시체를 발견했어요. 마을 사람 모두가 한스의 장례식에 참석했지요. 한스를 좋아하는 사람이 무척 많았거든요. 방앗간 주인 밀러가 장례식을 주도했지요.

"내가 땅딸보 한스와 가장 친했으니까 가장 중요한 역할을 하는 게 당연하지."

밀러는 검은 외투를 입고 장례 행렬 맨 앞에서 걸으며 이따금 커다란 손수건으로 눈물을 훔쳤어요.

장례식이 다 끝나자, 모두 선술집으로 몰려가 향이 좋은 포도주를 마시고 달콤한 케이크를 먹었어요.

"한스를 잃은 것은 분명 모두에게 큰 슬픔이야."

대장장이가 말했어요.

"적어도 나한테는 그렇지. 땅딸보 한스에게 손수레까지 주려고 했는데. 이제 그 손수레를 어디다 써야 할지 모르겠군. 그냥 두자니 방해만 되고, 내다 팔자니 너무 망가져서 돈도 몇 푼 못 받을 것 같고. 다시는 남에게 뭘 주거나 하지 말아야겠어.

난 너무 너그러워 탈이라니까."

밀러가 한 마디 했어요.

"그래서?"

물쥐는 이야기가 계속되기를 기다리다가 한참 만에 물었다.

"그래서라뇨? 이게 끝이에요."

방울새가 말했다.

"방앗간 주인은 어떻게 됐는데?"

물쥐가 물었다.

"아, 그거야 저도 모르죠. 별로 관심도 없고."

방울새가 대답했다.

"인정머리라고는 눈 씻고 찾아봐도 없는 친구로군."

물쥐가 말했다.

"이 이야기의 교훈을 제대로 이해하셨는지 모르겠네요."

방울새가 말했다.

"뭐라고?"

물쥐가 소리를 질렀다.

"교훈이요."

"이 이야기에 교훈이 있단 말이야?"

"물론 있죠."

방울새의 말에 물쥐는 머리끝까지 화가 나서 말했다.

"아니, 뭐라고! 그런 건 시작하기 전에 말했어야지. 그랬으면 자네 이야기는 듣지 않았을 거야. 차라리 그 평론가처럼 '흥!' 하고 무시해 버리는 건데 그랬어. 그럼, 이제라도 하지 뭐."

물쥐는 아주 큰 소리로 "흥!" 하고 콧방귀를 뀌고 꼬리를 한 번 털고는 쥐구멍으로 쏙 들어가 버렸다.

"저 물쥐 아저씨 어떤 것 같아요?"

조금 뒤에 엄마오리가 헤엄쳐 와서 물었다.

"물쥐 아저씨는 장점도 많긴 하지만 저렇게 마음이 딱딱하게 굳은 채로 혼자 살고 있으니……. 내가 엄마여서 그런지 몰라도 눈물부터 나는군요."

"괜히 약만 올린 것 같아 걱정이에요. 나도 모르게 교훈 있는 이야기를 하고 말았어요."

방울새가 말했다.

"그래요! 그건 언제나 아주 위험한 일이지요."

엄마오리가 끄덕였다.

나도 그 말이 옳다고 생각한다.

비범한 로켓 폭죽

왕자님의 결혼식을 앞두고 온 나라는 기쁨에 들떠 있었다. 일 년을 기다린 끝에 드디어 신부가 도착한 것이다. 러시아 공주인 신부는 핀란드에서부터 순록 여섯 마리가 끄는 썰매를 타고 왔다. 썰매는 커다란 금빛 백조처럼 생겼는데, 그 날개 사이에 귀여운 공주가 앉아 있었다. 공주는 반짝거리는 은빛 모자를 쓰고 발끝까지 길게 늘어뜨린 하얀 망토를 입었는데, 공주가 살던 눈의 궁전만큼이나 얼굴이 하얗고 예뻤다. 사람들은 새하얀 공주를 보고 입을 모아 칭찬했다.

"공주님은 하얀 장미꽃 같아요!"

사람들은 발코니에서 공주에게 꽃을 던지며 큰 소리로 외쳤다.

왕자는 공주를 맞이하려고 궁전 앞에 나와 기다렸다. 왕자의 눈동자는 꿈꾸는 듯한 보랏빛이었고 머리카락은 눈부신 황금빛이었다. 공주를 만난 왕자는 한 쪽 무릎을 꿇고 공주의 손에 입을 맞추었다.

"공주님, 초상화도 아름다웠지만 실제로 보니 훨씬 더 아름답군요."

왕자가 속삭였다.

왕자의 말에 귀여운 공주는 얼굴이 빨개졌다.

"조금 전까지는 하얀 장미 같으시더니, 이제는 빨간 장미가 되셨어요."

어린 시종이 옆 사람에게 말했다.

모든 사람들이 이 말을 듣고 즐거워했다. 그 뒤 사흘 동안 '하얀 장미, 빨간 장미, 빨간 장미, 하얀 장미'라는 말이 모든 사람의 입에 오르내렸고, 왕은 그 시종의 월급을 두 배로 올리라는 명령을 내렸다. 시종에게는 월급이 없기 때문에 그 명령은 아무 소용도 없었지만, 어쨌든 이 일은 대단한 영광으로 여겨져 궁중 신문에 실렸다.

사흘 뒤, 왕자와 공주는 성대한 결혼식을 올렸다.

왕자와 공주는 손을 잡고 진주로 장식된 자줏빛 벨벳 차양 아래에서 행진을 했고, 결혼식을 마친 뒤에는 국가적인 만찬이 다섯 시간 동안 계속되었다. 왕자와 공주는 결혼식장의 맨 윗

자리에 앉아 투명한 크리스털 잔에 담긴 술을 마셨다. 이 잔은 진정한 연인들만 쓸 수 있는 것으로, 거짓 사랑을 맹세한 연인들의 입술이 닿으면 탁한 잿빛으로 변해 버리는 것이었다.

"잔이 저렇게 투명한 걸 보니, 서로 진심으로 사랑하는 게 분명해요. 크리스털처럼 순수한 거예요!"

어린 시종이 말했다.

왕은 그의 월급을 또다시 두 배로 올려 주었다.

"영광이옵니다!"

시종들이 일제히 외쳤다.

만찬이 끝난 다음 무도회가 열렸다. 신랑과 신부는 함께 장미 춤을 추었고, 왕은 약속대로 플루트를 연주했다. 왕의 연주 솜씨는 형편없었지만 아무도 감히 그런 말을 할 수 없었다. 왜냐하면 그는 왕이었기 때문이다. 왕이 아는 노래는 단 두 곡뿐이었는데도 어느 곡을 연주하는지 도무지 알 수 없었다. 하지만 문제가 될 것은 없었다. 왜냐하면 왕이 무엇을 하든지 사람들이 "멋지고 훌륭하십니다!"라고 칭찬했기 때문이다.

이 날 가장 마지막 순서는 자정에 계획되어 있는 화려한 불꽃놀이였다. 귀여운 공주는 이제까지 한 번도 불꽃놀이를 본 적이 없었기 때문에, 왕은 궁정 폭죽 전문가에게 결혼식에 꼭 참석하라고 명령했다.

"불꽃놀이가 뭔가요?"

공주는 그 전날 아침에 테라스를 거닐며 왕자에게 물었다. 하지만 다른 사람이 받은 질문이라도 대신 답하기를 좋아하는 왕이 끼어들었다.

"북극의 오로라 같은 것이란다. 하지만 훨씬 자연스럽지. 난 별보다 불꽃을 더 좋아한단다. 언제 볼 수 있는지 예측할 수 있고 내 플루트 연주만큼이나 매혹적이거든. 공주도 곧 보게 될 게다."

정원 구석에 거대한 발사대가 설치되었다.

궁정 폭죽 전문가가 모든 준비물을 제자리에 놓자, 폭죽들은 서로 이야기를 나누기 시작했다.

"세상은 너무나 아름다워요! 저기 노란 튤립 좀 보세요. 진짜 불꽃보다 더 예쁘네요. 난 여행할 수 있다는 게 정말 뿌듯해요. 여행을 하면 보고 듣는 것도 많아지고 고정관념도 버릴 수 있으니까요."

꼬마 폭죽이 소리쳤다.

"바보 같은 녀석, 궁전은 세상의 전부가 아니야. 세상이 얼마나 거대한데. 다 둘러보려면 적어도 사흘은 걸릴걸."

덩치가 큰 통 모양 폭죽이 말했다.

"사랑이 있는 곳이라면 어디든 거기가 바로 네 세상이지."

생각에 잠겨 있던 회전 폭죽이 말했다.

회전 폭죽은 젊었을 때 낡은 소나무 상자와 사랑에 빠진 적이 있었는데, 그와의 이별이 유일한 자랑거리였다.

"하지만 사랑도 이제 한물갔어. 시인들이 사랑을 죽여 버렸지. 사랑에 대한 시를 너무 많이 쓰는 바람에 이제 아무도 사랑을 믿지 않게 되었거든. 하기는 놀랄 일도 아니지. 진정한 사랑은 고통을 주고 침묵하는 법이니까. 나도 한때는 그런 적이 있었지……. 하지만 그게 다 무슨 소용일까. 사랑은 과거의 유물일 뿐이야."

회전 폭죽이 말했다.

"말도 안 되는 소리! 사랑은 결코 죽지 않아. 그건 하늘의 달처럼 영원한 거라고. 왕자와 공주를 봐. 서로 진심으로 사랑하고 있잖아. 오늘 아침에 우연히 같은 서랍에 있던 갈색 탄약통한테서 들었지. 그는 궁에 떠도는 소식을 모두 알고 있거든."

통 모양 폭죽이 말했다.

"사랑은 죽었어, 사랑은 죽었어, 사랑은 죽었어……."

하지만 회전 폭죽은 고개를 저으며 끊임없이 중얼거렸다. 같은 말을 반복하면 결국 이루어진다고 믿었기 때문이다.

그 때 갑자기 날카롭고 마른 기침소리가 들렸다. 모두 두리번거리며 주변을 살펴보았다. 키가 크고 건방지게 생긴 로켓 폭죽이 낸 소리였다. 로켓 폭죽은 기다란 막대기 끝에 매달려 있었는데, 말을 하기 전에 주의를 끌려고 헛기침을 하는 버릇이 있었다.

"에헴! 에헴!"

로켓 폭죽이 기침을 하자 모두 그에게 주목했다. 고개를 가로저으며 '사랑은 죽었어.' 라고 중얼거리는 불쌍한 회전 폭죽만 빼고 말이다.

"조용, 조용!"

딱총 폭죽이 소리쳤다. 그는 정치가 기질이 있어서 지방 선거 때마다 언제나 중요한 역할을 해 왔기 때문에 의회에서 쓰는 말을 적절하게 할 줄 알았다.

"완전히 죽었다고……."

회전 폭죽은 한참을 중얼거리다가 잠이 들었다.

주변이 쥐죽은 듯 조용해지자, 로켓 폭죽은 세 번째 기침을 한 다음 연설을 시작했다. 그는 누군가 자기 이야기를 받아쓰기라도 하는 것처럼 또렷한 목소리로 아주 천천히 말했다. 청중 하나하나와 시선을 맞추며 이야기하는 그의 태도는 대단히 기품 있어 보였다.

"왕의 아들에게는 오늘이 얼마나 큰 행운인지 모릅니다. 제가 쏘아 올려지는 날에 결혼을 하게 되다니요! 날짜가 조금만 앞당겨졌어도 이런 행운을 잡지 못했을 겁니다. 왕자에게는 언제나 행운이 따르는 법이지요."

로켓 폭죽이 말했다.

"그럴 리가! 난 그 반대로 생각했는데. 왕자님 결혼식에 맞춰서 우리가 쏘아 올려지는 게 아니었나요?"

꼬마 폭죽이 말했다.

"너는 그럴지도 모르겠구나. 아니, 넌 확실히 그런 것 같구나. 하지만 내 경우는 좀 다르단다."

로켓 폭죽이 대꾸했다.

"난 비범한 로켓 폭죽입니다. 부모님도 보통보다 뛰어난 분들이셨지요. 당대에 가장 사랑받는 회전 폭죽이던 어머니는 우아한 춤 솜씨로 명성이 자자하셨어요. 대중 앞에 몸을 드러냈을 때, 공중에서 사라지기 전까지 열아홉 바퀴를 회전하셨는데 한 바퀴 돌 때마다 분홍빛 별을 일곱 개씩 날려 보내셨답니다. 그 지름이 일 미터가 넘었다니, 정말 대단하지요? 프랑스 혈통인 아버지는 나처럼 로켓 폭죽이셨어요. 너무 높이 날아서 다시 돌아오지 못하는 건 아닌지 걱정이 될 정도였습니다. 하지만 자상한 아버지는 돌아오셨어요. 금빛 불꽃을 흩뿌리며 멋지게 하강하셨지요. 온 신문에 아버지의 공연을 극찬하는 기사가 실렸어요. 궁정 신문은 아버지를 두고 '화약 예술의 승리'라고 했습니다."

"화약이 아니라 불꽃이겠지. 내가 들어 있던 깡통에 '불꽃'이라고 쓰여 있었어."

벵골 폭죽이 말했다.

"내가 분명 화약이라고 했을 텐데요."

로켓 폭죽이 심각한 목소리로 대꾸하자 벵골 폭죽은 의기소침해져서 꼬마 폭죽을 괴롭히기 시작했다. 자기도 대단한 존재라는 것을 보여 주고 싶었기 때문이다.

"내가 말했듯이…… 그런데 내가 무슨 말을 하고 있었죠?"

로켓 폭죽은 하던 이야기를 계속하려고 했다.

"자네 얘기를 하고 있었지 않나."

통 모양 폭죽이 대꾸했다.

"아, 그렇죠. 아주 흥미로운 주제를 논하던 중에 누군가 무례하게 훼방을 놨지요. 난 무례하고 불손한 태도를 증오한답니다. 난 아주 예민하거든요. 이 세상의 그 누구도 나만큼 예민하지는 않을 거예요. 이것만큼은 자신할 수 있어요."

"예민한 폭죽이란 게 어떤 거지?"

딱총 폭죽이 통 모양 폭죽에게 물었다.

"어떤 거냐면, 자기 발에 티눈이 있다고 늘 남의 발을 밟고 서 있는 거야."

통 모양 폭죽이 낮은 목소리로 대답하자 딱총 폭죽은 거의 폭발할 것처럼 웃음을 터뜨렸다.

"이봐요, 뭐 때문에 웃는 겁니까? 난 하나도 안 웃긴데."

로켓 폭죽이 물었다.

"그냥 좋아서 웃는 거야."

딱총 폭죽이 대답했다.

"거 참, 이기적이군요."

화가 난 로켓 폭죽이 대꾸했다.

"당신만 행복할 권리를 가졌나요? 다른 폭죽들 생각도 좀 해야죠. 특히 내 생각을 좀 하란 말입니다. 내가 내 생각을 하듯, 다른 폭죽들도 내 생각을 하는 게 당연한 것 아닌가요? 그게 바로 동정심이라는 겁니다. 동정심은 아름다운 덕목이에요. 난 정말 동정심이 많지요. 예를 들어 봅시다. 오늘 밤 나한테 무슨 일이 생기면 그건 모든 이들에게 큰 불행이 될 거예요! 왕자와 공주는 절대 행복할 수 없을 테고, 결혼 생활 전체가 엉망이 돼 버리겠지요. 그러면 왕은 어떻게 되겠습니까? 아마 그런 시련은 극복하지 못할 겁니다. 내가 얼마나 중요한지 생각하니, 감격스러워 눈물이 다 나오려고 하는군요."

"다른 이들에게 기쁨을 주고 싶다면 몸을 적시지 않는 게 좋을걸."

통 모양 폭죽이 말했다.

"당연하지. 그건 상식이야."

기분이 좀 나아진 벵골 폭죽이 말했다.

"상식이라니! 잊고 있나 본데, 난 보통 폭죽이 아닌 비범한 폭죽입니다. 누구나 상식을 가졌다는 건, 바꿔 말하면 상상력이 부족하다는 뜻이지요. 하지만 난 상상력이 풍부해요. 결코 현상을 있는 그대로 받아들이는 법이 없지요. 언제나 완전히 다른 방식으로 생각하거든요. 내 몸을 적시지 말라고 하는 것을 보니, 감정이 얼마나 중요한지 모르는 것 같군요. 다행스럽게도 나와는 상관 없는 문제예요. 살면서 유일하게 나를 지탱해 주는 게 있다면 그건 바로 내가 다른 폭죽들보다 훨씬 잘났다는 사실이지요. 난 언제나 그렇게 생각한답니다. 어쨌든 눈 씻고 찾아봐도 당신들한테는 감정이라는 게 없군요. 왕자와 공주가 지금 막 결혼했다는 사실을 잊은 듯 웃고 즐기는 꼴이라니."

로켓 폭죽이 몹시 화를 내며 말했다.

"어째서 웃으면 안 된다는 거야? 이건 정말 기쁜 일이잖아. 난 하늘로 날아 올라가 별들에게 이 얘기를 해 줄 거야. 별들이 아름다운 신부 이야기를 들으면 더 밝게 빛날걸."

낙하산 불꽃이 외쳤다.

"아! 정말 시시한 인생이군요! 내가 예상했던 그대로예요. 당신은 안이 텅 비었으니까 그럴 수 있어요. 하지만 상상해 보세요. 왕자와 공주는 깊은 강이 흐르는 시골에 가서 살게 될지도 몰라요. 어쩌면 왕자처럼 금발에 보랏빛 눈동자를 한 아들을 낳겠지요. 어느 날, 왕자의 아들은 보모가 거대한 고목 아래에서 잠이 든 사이 깊은 강에 빠져 죽는 거예요. 그런 끔찍한 불행이 또 어디 있을까요! 아이를 잃은 부모의 마음은 어떨까요? 생각만 해도 무서운 일이에요! 나 같으면 절대 견디지 못할 겁니다.”

로켓 폭죽이 울부짖었다.

“하지만 아직 아이를 잃은 것도 아니잖아. 왕자와 공주에게 불행한 일은 절대 일어나지 않을 거야.”

통 모양 폭죽이 말했다.

“내가 언제 그랬다고 했나요? 그럴 수도 있다는 거죠! 왕자와 공주가 벌써 아이를 잃었다면 더 할 얘기가 뭐가 있겠어요. 엎질러진 물을 두고 징징거리는 건 딱 질색이거든요. 하지만 그들이 아이를 잃을지도 모른다고 생각하면 나도 모르게 감정이 격해지지 뭐예요.”

로켓 폭죽이 말했다.

“어련하시겠어요! 당신은 세상에서 가장 예민한 폭죽이니까.”

뱅골 폭죽이 빈정거렸다.

“당신은 세상에서 가장 무례한 폭죽이군요. 내가 왕자와 어떤 사이인지 잘 알지도 못하면서.”

로켓 폭죽이 말했다.

“뭐라고? 당신은 왕자를 알지도 못하잖아.”

통 모양 폭죽이 투덜거렸다.

“그를 안다고 말한 적은 없어요. 안다고 해도 친구가 될 생각이 없답니다. 친구가 된다는 건 아주 위험한 일이거든요.”

로켓 폭죽이 말했다.

"어쨌거나 몸이 젖지 않도록 조심하는 게 좋을 거야. 그건 아주 중요한 일이라고."

낙하산 불꽃이 점잖게 말했다.

"당신한테나 중요하겠지요. 하지만 난 내 마음대로 눈물을 흘리겠어요."

로켓 폭죽은 진짜 눈물을 흘리기 시작했다. 눈물이 빗물처럼 그의 몸통을 타고 흘러내렸기 때문에 집을 지으려고 마른 땅을 찾아가던 딱정벌레 두 마리가 물에 빠져 죽을 뻔했다.

"정말 낭만적인 폭죽인가 봐. 눈물 흘릴 일이 하나도 없는데 저렇게 우는 것을 보면 말이야."

회전 폭죽은 한숨을 쉰 다음 다시 소나무 상자 생각에 빠져들었다.

"말도 안 돼! 말도 안 돼!"

통 모양 폭죽과 뱅골 폭죽은 잔뜩 화가 나 큰 소리로 외쳤다. 그들은 합리적인 것을 매우 중요하게 생각해서 반대할 일이 생기면 말도 안 된다고 외치곤 했다.

아름다운 은 방패 같은 달이 떠오르고 별들이 빛나자, 궁전에서 음악 소리가 들리기 시작했다. 왕자와 공주가 무도회를 이끌고 있었다. 백합들은 그들의 황홀한 춤 솜씨를 보려고 창문 너머로 안을 기웃거렸고, 붉은 양귀비들은 고개를 끄덕이며 박자를 맞췄다. 시계가 열 시를 알리고, 열한 시를 알리고, 마침내 자정을 알렸다. 자정을 알리는 열두 번째 종소리가 나자 모든 사람들이 테라스로 몰려 나왔다.

"불꽃놀이를 시작하라."

왕은 궁정 폭죽 전문가에게 명령했다.

궁정 폭죽 전문가는 허리를 숙여 절을 하고 정원 구석으로 나왔다. 기다란 횃불을 들고 서 있던 보조 여섯 명이 그를 도왔다. 불꽃놀이는 정말 훌륭했다.

휙! 휙! 회전 폭죽이 빙글빙글 돌며 날아올랐다. 붕! 붕! 통 모양 폭죽도 날아올랐다. 다른 폭죽들도 궁전 위 하늘에서 춤을 추었다. 뱅골 폭죽은 까만 밤을 붉은빛으로 물들였다.

"부디 안녕히!"

멀리 쏘아 올려진 낙하산 불꽃은 푸른 불빛을 번쩍이며 소리쳤다. 빵! 빵! 딱총 폭죽은 잔뜩 신이 났다. 모두 대성공이었다.

하지만 비범한 로켓 폭죽은 온몸이 잔뜩 젖어 하늘로 날아오를 수가 없었다. 로켓 폭죽은 최고급 화약으로 만들어졌지만 눈물에 다 젖어 아무 소용이 없었던 것이다. 그가 콧방귀를 뀌며 말도 하기 싫어하던 불쌍한 친척들은 모두 멋진 금빛 불꽃을 터뜨리며 하늘을 멋지게 장식했다.

"만세! 만세!"

온 궁이 환호성으로 가득했다. 귀여운 공주도 즐거운 듯 웃음을 터뜨렸다.

"더 큰 행사를 위해 나를 아껴 두는 모양이야. 그게 틀림없어."

로켓 폭죽은 어느 때보다도 오만한 표정을 지으며 말했다.

다음 날 뒷정리를 하기 위해 일꾼들이 왔다.

"분명 대표단일 거야. 최대한 품위 있게 맞이해야지."

로켓 폭죽이 말했다.

로켓 폭죽은 하늘을 향해 코끝을 높이 쳐들고 중요한 고민을 하는 것처럼 얼굴을 찡그리며 아주 심각한 표정을 지었다. 하지만 일꾼들은 아무런 관심도 보이지 않고 그냥 지나치려고 했다.

"이것 봐! 불량 폭죽이야!"

일꾼 중 한 명이 로켓 폭죽을 발견하고 담 너머로 던져 버렸다.

"불량 폭죽? 불량 폭죽이라고?"

로켓 폭죽은 담 너머로 빙글빙글 날아가며 말했다.

"말도 안 돼! 우량 폭죽이겠지. 불량이랑 우량은 발음이 비슷해서 같은 말처럼 들리는 경우가 종종 있잖아."

로켓 폭죽은 진흙 속에 처박혔다.

"여긴 썩 편하지 않은걸. 하지만 분명 최신 유행하는 온천

일 거야. 건강을 회복하라고 보내 준 건가 봐. 안 그래도 신경이 너무 쇠약해져서 휴식이 필요한 참이었는데."

그 때 얼룩덜룩한 개구리가 눈을 반짝이며 헤엄쳐 왔다.

"새로운 이웃이군요! 진흙만큼 좋은 건 없지요. 난 비 오는 날씨와 도랑 하나만 있으면 세상 부러울 게 없답니다. 오늘 비가 올까요? 제발 그랬으면 좋겠는데. 하늘은 파랗고 구름 한 점 없네요. 아, 얼마나 안타까운 일인지!"

개구리가 말했다.

"에헴! 에헴!"

로켓 폭죽이 헛기침을 했다.

"당신은 목소리가 참 좋군요! 개구리 울음소리나 다름없어요. 그건 세상에서 가장 아름다운 음악이지요. 오늘 밤, 우리 합창단의 노래를 들을 수 있을 겁니다. 농장 근처에 있는 오래된 오리 연못에 모여 달이 뜨자마자 노래를 시작할 거예요. 우리 노랫소리는 너무나 황홀해서 모두가 잠을 깨고 귀를 기울이지요. 어제는 농장 안주인이 우리 때문에 밤새도록 한숨도 못 잤다고 얘기하는 걸 들었어요. 그 정도로 인기가 있다니, 정말 뿌듯하답니다."

개구리가 말했다.

"에헴! 에헴!"

로켓 폭죽은 화가 나서 다시 헛기침을 했다. 개구리가 너무

수다스러워 말도 꺼낼 수 없었기 때문이다.

"정말 목소리가 좋아요. 당신을 오리 연못에 초대하지요. 나는 딸들을 찾으러 가 봐야 한답니다. 나한테는 예쁜 딸이 여섯 있는데 가물치한테 잡아먹힐까 봐 걱정이 돼서요. 그 무자비한 괴물은 우리 애들을 아침거리로 한 입에 먹어치울 거예요. 그럼, 안녕히. 대화 즐거웠어요. 정말이에요."

개구리가 말했다.

"대화 좋아하시네! 혼자만 떠들었으면서. 그건 대화가 아니잖소."

로켓 폭죽이 말했다.

"누군가는 들어야 하잖아요. 난 혼자 떠드는 걸 좋아해요. 시간도 절약되고 논쟁도 막을 수 있으니까."

개구리가 대답했다.

"하지만 난 논쟁을 좋아해요."

로켓 폭죽이 말했다.

"난 아니에요. 논쟁은 아주 품위가 없지요. 상류층이라면 누구나 나와 같은 생각일 겁니다. 자, 두 번째로 안녕. 저기 딸들이 보이네요."

개구리는 로켓 폭죽이 대수롭지 않다는 듯 가 버렸다.

"짜증나는 양반이로군요. 정말 무례해요. 나처럼 하고 싶은 말이 많은 폭죽을 앞에 두고 혼자 지껄이다니, 딱 질색이에요.

난 그걸 이기심이라고 부르지요. 특히 나 같은 폭죽은 이기심을 얼마나 혐오하는데요. 난 동정심이 많기로 유명하답니다. 당신은 나를 본받아야 해요. 나보다 더 훌륭한 본보기는 찾을 수 없을 겁니다. 이건 어쩌면 당신 인생의 마지막 기회일지도 몰라요. 나는 곧 궁전으로 돌아가야 하니까요. 왕자와 공주가 나 때문에 어제 결혼을 했거든요. 물론 당신 같은 촌뜨기는 아무것도 모르겠지만요."

로켓 폭죽이 떠들어 댔다.

"계속 떠들어 봤자 소용 없어."

갈대 끝에 앉아 있던 잠자리가 말했다.

"아무 소용 없어. 개구리는 아까 가 버렸다고."

"그럼 그게 그 녀석 손해지 내 손해인가요? 내 말을 듣지 않는다고 말을 하지 않을 수는 없어요. 난 내 얘기를 듣는 게 좋답니다. 그게 가장 큰 즐거움이에요. 종종 혼자서 아주 오랫동안 얘기를 하곤 하는데, 말을 너무 똑똑하게 해서 가끔은 나도 못 알아듣는답니다."

"철학 강의라도 하는 모양이지."

잠자리는 아름답고 투명한 날개를 펼치고 하늘로 날아갔다.

"가만 있지 못하고 날아가 버리다니, 저런 멍청한 친구를 봤나! 깨달을 수 있는 기회를 날려 버렸어. 분명 이런 게 한두 번이 아닐 거야. 하지만 난 상관 없어. 나 같은 천재는 언젠가 사람들에게 인정받게 되어 있으니까."

로켓 폭죽이 말을 마치자 몸이 진흙 속으로 좀더 빠져들었다. 조금 뒤 커다랗고 하얀 오리가 헤엄쳐 왔다. 오리는 다리가 노랗고 발에는 물갈퀴가 달려 있었는데, 뒤뚱거리며 걷는 모습이 매우 아름다웠다.

"꽥, 꽥, 꽥. 당신은 정말 신기하게 생겼군요! 태어날 때부터 그랬나요, 아니면 사고 때문에 그렇게 된 건가요?"

오리가 말했다.

"당신은 시골에서만 살았던 게 틀림없군요. 그렇지 않다면 나를 모를 리 없을 텐데요. 하지만 난 당신이 무식한 것을 용서하겠어요. 모두가 나처럼 비범하기를 바라는 건 불공평하니까요. 놀라지 마세요. 난 하늘로 날아올랐다가 금빛 불꽃을 터뜨리며 하강할 수 있답니다."

로켓 폭죽이 말했다.

"누구에게 어떻게 쓸모가 있다는 건지 모르겠네요. 그러니 그게 비범한지 어쩐지도 알 수가 없고요. 당신이 황소처럼 밭을 갈거나, 말처럼 짐수레를 끌거나, 개처럼 양이라도 몰 줄 안다면 대단하겠지만요."

오리가 말했다.

"이런 불쌍한 양반 같으니라고."

로켓 폭죽은 몹시 거만한 투로 말했다.

"당신은 아주 수준이 낮군요. 내 위치 정도 되면 실용성만 따지지 않지요. 교양이라는 게 있는데, 그것만으로도 부족함이 없답니다. 난 어떤 종류의 일도 하지 않아요. 당신이 말한 그런 일이라면 더 말할 것도 없지요. 나는 힘든 일이란 할 일 없는 사람들의 핑계거리일 뿐이라고 생각한답니다."

"그래요, 그래요."

평화로운 성격 때문에 누구와도 싸움을 하지 않는 오리가 말했다.

"누구든 자기 방식이 있는 법이니까. 하여튼 앞으로 여기에서 잘 지내기를 바랄게요."

"오! 아니랍니다. 그냥 잠깐 들른 것뿐이에요. 여기는 너무 따분해요. 상류 사회도 아니고 그렇다고 조용하지도 않고요. 그냥 평범한 교외일 뿐이죠. 궁전으로 돌아가야겠어요. 나는 세상을 떠들썩하게 만들 일을 해야 하거든요."

로켓 폭죽이 말했다.

"나도 공직 생활을 해 보려고 한 적이 있었어요. 바로 잡아야 할 일이 산더미 같았죠. 얼마 전까지만 해도 의회에 자리를 하나 차지하고 마음에 들지 않는 모든 일들을 따지고 들며 관련 법들을 만들려고 했어요. 하지만 별 효과가 없는 것 같더라고요. 그래서 집에 들어앉아 식구들이나 돌보기로 했지요."

오리가 말했다.

"난 유명 인사가 되기 위해 만들어졌어요. 보잘것 없는 친척 폭죽들도 모두 마찬가지죠. 우리가 모습을 드러내면 어마어마한 관심을 받거든요. 난 아직 사람들 앞에 나선 적이 없지만, 나서기만 하면 정말 대단할 거예요. 하지만 집안일로 말할 것 같으면, 사람을 늙게 만들고 가치 있는 일에서 마음을 멀어지게 하죠."

로켓 폭죽이 말했다.

"아! 가치 있는 일들이라! 정말 멋지군요. 그 얘기를 듣고 있자니 무척 배가 고픈데요."

오리는 "꽥, 꽥, 꽥." 소리를 내며 떠나 버렸다.

"돌아와요! 돌아와! 아직 당신한테 할 말이 많이 남았어요."

로켓 폭죽이 소리쳤지만 오리는 들은 척도 하지 않았다.

"차라리 잘 됐어. 중류층인 것 같았거든."

로켓 폭죽이 말을 마치자 몸이 진흙 속으로 좀더 빠져들었다.

그는 천재는 고독한 거라고 생각했다. 그 때 하얀 옷을 입은 꼬마 둘이 주전자와 나뭇가지를 한 아름 들고 강둑을 내려왔다.

"분명히 대표단일 거야."

로켓 폭죽은 기품 있게 보이려고 애를 썼다.

"와! 이 낡은 막대기 좀 봐! 어떻게 여기 떨어져 있지?"

한 아이가 도랑에서 로켓 폭죽을 집어 들며 외쳤다.

"낡은 막대기라니! 말도 안 돼! 황금 막대기이겠지. 황금 막대기라면 최고의 찬사잖아. 고관대작과 나를 헷갈리나 봐."

로켓 폭죽이 말했다.

"이걸로 불을 지피자! 그러면 주전자로 물을 끓일 수 있을 거야."

아이들은 가져온 나뭇가지를 쌓고 로켓 폭죽을 맨 위에 올려놓은 다음 불을 붙였다.

"이거 정말 멋진걸! 대낮에 나를 쏘아 올리려나 봐. 모두 볼 수 있도록 말이야."

로켓 폭죽이 소리쳤다.

"이제 한숨 자자. 자고 일어나면 물이 끓고 있을 거야."

아이들은 풀밭에 누워 눈을 감았다.

로켓 폭죽은 흠뻑 젖어 있었기 때문에 불이 붙는 데 시간이 많이 걸렸다. 마침내 불이 붙었다.

"드디어 나도 날아간다!"

로켓 폭죽은 힘을 주며 몸을 곧게 폈다.

"나는 별보다 더 높이, 달보다 더 높이, 해보다 더 높이 날 거야. 아주 높이 날아올라서……."

슉! 슉! 슉! 그는 하늘을 향해 똑바로 날아올랐다.

"정말 멋지다! 난 영원히 날아갈 거야. 대단한 성공이야!"

로켓 폭죽이 소리쳤다. 하지만 아무도 보는 사람이 없었다.

갑자기 로켓 폭죽은 온몸이 따끔따끔 쑤시기 시작했다.

"드디어 터지려나 봐. 난 온 세상을 떠들썩하게 만들 거야. 사람들은 일년 내내 내 이야기만 하겠지."

마침내 로켓 폭죽이 터졌다.

빵! 빵! 빵! 화약이 터져 버렸다. 하지만 아무도 그 소리를 듣지 못했다. 깊은 잠에 빠져 있던 두 아이도 마찬가지였다. 로켓 폭죽에게 마지막으로 남아 있던 막대기가 도랑 옆을 지나던 거위 등에 떨어졌다.

"아이고, 막대기 비가 내리나 봐!"

거위가 소리쳤다.

"이것 봐, 세상을 떠들썩하게 만들 줄 알았다니까."

로켓 폭죽은 숨을 몰아쉬다 결국 꺼져 버렸다.

제2권 석류나무의 집

어린 왕

대관식을 하루 앞둔 날 밤, 어린 왕은 아름다운 침실에 홀로 앉아 있었다. 시종들은 하루 일과를 마무리하며 관습에 따라 머리가 땅에 닿도록 절을 한 뒤, 예절 교사에게 나머지 강의를 듣기 위해 대강당으로 물러났다. 아직도 궁중 예절에 어긋난 행동을 하는 시종들이 있었는데, 이런 행동은 아주 무거운 죄였다.

열여섯 살밖에 되지 않은 어린 왕은 시종들이 떠나가자 서운해하기는커녕 깊은 안도의 한숨을 내쉬며 수놓인 푹신푹신한 소파에 몸을 털썩 던졌다. 마치 파우누스(*농경, 목축, 수렵을 보호하는 로마의 신으로 상반신은 사람이고 하반신은 염소이다.-역자 주, 이하 *표시 역자 주)나 사냥꾼의 덫에 갓 걸려든 어린 짐승처럼 두 눈은 이글이글 타오르고 입은 살짝 벌어져 있었다.

실제로 소년을 발견한 것은 사냥꾼들이었다. 그는 피리를 들고 맨발로 양 떼를 따라가다가 우연히 사냥꾼들과 마주쳤다. 그 전까지 소년은 자신을 키워 준 가난한 양치기를 친아버지로 알고 있었다.

하지만 소년은 늙은 왕의 외동딸이 미천한 남자와 몰래 결혼해 낳은 아이였다. 어떤 사람은 그 남자가 류트 연주로 마법을 걸어 공주를 사랑에 빠뜨렸다고 하고, 또 어떤 사람은 공주가 이탈리아 리미니에서 온 예술가를 지나치게 사랑한 나머지 그 예술가가 공주에게 질려 대성당의 작품을 다 끝내지도 않고 떠나 버렸다고도 했다. 그 뒤 누군가가 태어난 지 일 주일도 채 되지 않은 아기를 잠든 어머니 품에서 몰래 빼 내어, 말을 타고 꼬박 하루를 가야 하는 깊은 숲 속까지 찾아가 아이가 없는 가난한 양치기 부부에게 맡겨 버렸다.

궁중 의사의 말처럼 큰 슬픔과 전염병 때문인지, 아니면 떠도는 소문처럼 향기로운 포도주에 녹아 있는 이탈리아산 독약 때문인지, 아기에게 생명을 준 공주는 깨어난 지 한 시간 만에 창백한 얼굴로 숨을 거두었다. 아기를 데리고 길을 떠난 믿음직한 심부름꾼이 말에서 내리지도 않고 양치기의 낡은 오두막 집 문을 두드리는 동안, 공주의 시체는 인적이 끊긴 어느 교회 묘지의 구덩이에 묻히고 있었다. 성문 밖 어느 무덤에 눈부시게 아름답고 이국적으로 생긴 외모의 젊은 남자가 묻혔다는 소문도 있었다. 그 남자는 두 손이 뒤로 모아진 채 밧줄로 단단히 묶여 있었고, 가슴에는 칼에 찔린 붉은 상처가 셀 수없이 많았다고 한다. 사람들이 수군거리는 이야기는 대략 이와 같았다.

아무튼 늙은 왕은 죽을 때가 가까워 오자 자신이 저지른 엄청난 죄악을 뉘우쳤기 때문인지, 아니면 왕국을 다른 가문에 넘겨 줄 수 없다는 욕심 때문인지, 소년을 다시 데려와 평의회가 모인 자리에서 후계자로 인정했다.

소년은 이상할 정도로 아름다운 것을 좋아했다. 이것은 후계자로 인정받은 첫날부터 드러났다. 소년을 귀빈실로 안내한 시종들은 소년이 특별히 마련된 고급스러운 옷과 값비싼 보석을 보자 기뻐 소리지르며 거친 가죽옷과 조잡한 망토를 내던져 버렸다고 했다.

소년은 궁중 의식으로 날마다 많은 시간을 보내는 것을 지겨워하며 숲에서 누리던 자유를 그리워하곤 했다. 하지만 자신이 '기쁨의 성'이라 불리는 멋진 궁전의 주인이라는 것을 알고 나서는, 궁중 생활에서 즐거움을 찾으려고 노력했다.

소년은 회의실이나 알현실에서 빠져나오기만 하면 금칠한 청동 사자상과 하얀 대리석 계단을 뛰어 내려가 이 방에서 저 방으로, 이 복도에서 저 복도로 헤매고 다녔다. 마치 아름다움 속에서 병을 낫게 해 줄 치료제나 고통을 잠재워 줄 진통제를 찾는 것 같았다. 소년은 이것을 '발견 여행'이라고 했는데, 궁전을 돌아다니는 것은 실제로 다른 나라를 탐험하는 것같이 신기하고 흥미로웠다. 그는 커다란 망토를 경쾌하게 펄럭이며, 때로는 호리호리한 금발의 어린 시종들을 이끌고 다니기도 했다. 하지만 거역할 수 없는 어떤 본능에 사로잡혀 혼자 돌아다닐 때가 더 많았다. 왜냐하면 언제나 예술은 비밀스럽고 은밀하게 모습을 드러내는 것을 좋아하고, 아름다움은 지혜처럼 외로운 숭배자를 사랑하기 때문이었다.

그 즈음 소년을 둘러싼 이상한 소문들이 떠돌았다. 풍채가 좋은 마을 시장은 시민 대표로 연설하러 궁에 갔다가, 소년이 베니스에서 막 들여온 거대한 그림 앞에 경건하게 무릎을 꿇고 있는 모습을 보았다. 그 모습이 마치 새로운 신을 섬기게 될 것이라는 예고처럼 보였다고 한다.

한 번은 몇 시간 동안 소년이 사라진 적이 있었다. 한참을 찾은 끝에, 북쪽 작은 탑에 있는 맨 꼭대기 방에서 아도니스가 새겨진 그리스 보석을 뚫어지게 바라보고 있는 소년이 발견되었다. 돌다리 공사를 하다가 로마 하드리안 황제 시대의 비티니아인 노예 이름이 새겨진 석상이 강바닥에서 발견되었을 때는, 고대의 대리석 상 이마에 입을 맞추는 소년의 모습이 목격되기도 했다. 또 소년이 은으로 만든 엔디미온 조각상에 흐르는 달빛을 밤새도록 지켜 보는 게 사람들의 눈에 띄기도 했다.

소년은 진기하고 값비싼 물건들을 무척 좋아했다. 그래서 갖고 싶은 욕심에 사로잡혀 수많은 상인들을 먼 곳까지 보냈다. 상인들은 북해에 가서 험상궂은 어부들에게 호박(*보석의 일종)을 사들였고, 이집트에 가서 왕의 무덤에서만 발견되며 신비한 능력을 지녔다고 전해지는 초록빛 터키석을 찾아왔으며, 페르시아에 가서는 비단 양탄자와 그림이 그려진 도자기를 모았다. 그리고 인도에 가서 하늘하늘한 천과 염색한 상아, 월장석과 비취옥 팔찌, 백단과 푸른 유약, 순모로 된 숄 들을 사들였다.

하지만 소년이 가장 정성들여 준비하는 것은 바로 대관식 복장이었다. 금실로 짠 예복, 루비가 박힌 왕관, 진주로 띠를 두른 것처럼 장식된 홀(*왕의 지팡이)이 마련될 예정이었다.

오늘 밤, 소년이 화려한 소파에 등을 기댄 채 소나무 장작이 불타고 있는 커다란 벽난로를 바라보며 생각에 잠긴 것은 바로 대관식 복장 때문이었다. 이미 몇 달 전, 최고 예술가들이 모여 어떤 옷을 만들면 좋을지 결정했다. 소년은 밤낮으로 일을 해서라도 옷을 만들고, 온 세상을 샅샅이 뒤져서라도 옷에 어울릴 만한 보석을 찾아오라고 명령했다.

소년은 완벽한 왕의 복장을 하고 성당의 높은 제단에 서 있는 자기 모습을 그려 보았다. 아직 소년티를 벗지 못한 그의 입가에 웃음이 번지며 깊은 숲처럼 까만 두 눈이 반짝거렸다.

소년은 자리에서 일어나 조각된 벽난로 선반에 기대어 어스레해진 방 안을 둘러보았다. 벽에는 미의 승리를 표현한 값비싼 양탄자가 걸려 있었고, 한쪽 구석에는 마노와 청금석으로 만든 커다란 옷장이 있었다. 창문 맞은편에 있는 금빛 장식장은 정교한 모자이크로 장식한 다음 옻칠을 해 놓았으며, 그 위에는 베네치아에서 온 유리로 만든 섬세한 술잔과 까만 줄무늬 마노로 만든 컵이 놓여 있었다. 비단 침대보에는 잠의 여신이 막 떨어뜨린 듯한 새하얀 양귀비가 수놓아져 있었고, 세로로 홈이 파인 상아 침대기둥에는 벨벳 커튼이 드리워져 있었다. 그리고 타조 깃털로 만든 커다란 술이 하얀 거품처럼 솟아 번개무늬가 그려진 은빛 천장까지 닿아 있었다. 청동 나르시스 동상은 반짝이는 거울을 머리 위로 치켜들고 있었으며, 탁자 위에는 납작한 자수정 그릇이 놓여 있었다.

소년은 어둑어둑해진 창 밖을 바라보았다. 집들 위로 돔 모양의 성당 지붕이 거품처럼 올라와 있는 게 희미하게 보였다. 지친 파수병들이 강변을 왔다갔다하는 것도 보였다. 저 멀리 과수원에서 나이팅게일의 노랫소리가 들려왔고, 은은한 재스민 향기가 열린 창으로 흘러 들어왔다. 소년은 갈색 고수머리를 뒤로 빗어 넘긴 다음 류트를 들고 줄 위에 손가락을 가만히 올려놓았다. 갑자기 눈꺼풀이 무거워지면서 몸이 나른해졌다. 소년은 아름다움의 신비와 매력에 완전히 사로잡혔고, 이전에 느껴 보지 못한 기쁨이 마음 가득 차올랐다.

시계탑에서 자정을 알리는 소리가 들려 오자, 소년은 종을 울려 시종들을 불렀다. 그들은 격식대로 어린 왕의 옷을 벗기고 장미꽃잎을 띄운 물을 손에 부어 주고 베개에 꽃잎을 뿌려 주었다. 그들이 방을 나가자 소년은 곧 잠에 빠졌다.

소년은 꿈을 꾸기 시작했다.

소년은 천장이 낮은 긴 다락방에 서 있었다. 수많은 베틀이 달가닥거리며 돌아가고 있었고, 삐걱거리는 창문으로 햇빛이 희미하게 들어오고 있었다. 베틀 위로 몸을 구부리고 있는 직조공들의 야윈 모습이 어렴풋이 보였다. 아이들은 창백한 얼굴로 쪼그리고 앉아 북이 지나면 무거운 바디를 들어 올렸다가 북이 멈추면 바디를 내리며 실을 눌렀다. 아이들은 몹시 굶주린 듯 얼굴이 야위었고 깡마른 손을 심하게 떨고 있었다. 초췌한 여인들 몇은 탁자 앞에 앉아 바느질을 하고 있었다. 방에서는 끔찍한 냄새가 났고 무겁게 가라앉은 공기는 불쾌했다. 벽은 온통 습기로 축축했다.

어린 왕은 한 직조공 옆으로 가까이 다가갔다.

"왜 날 지켜 보는 거야? 혹시 주인이 보낸 끄나풀이냐?"

직조공이 잔뜩 화가 난 표정으로 그를 쳐다보며 말했다.

"누가 주인이지?"

어린 왕이 물었다.

"누가 주인이냐고? 우리와 똑같은 사람이지. 아, 나와 다르 긴 해. 내가 넝마를 걸칠 때 그는 값비싼 옷을 입고, 내가 배고 파 죽을 지경일 때 그는 너무 많이 먹어서 배가 아프지."

직조공은 비통한 목소리로 외쳤다.

"이 나라는 자유로운 땅이다. 넌 누구의 노예도 아니야."

어린 왕이 말했다.

"전쟁 때에는 강자가 약자를 노예로 만들고, 평화로울 때에 는 부자가 가난한 자를 노예로 만드는 법이야. 우리는 살아 보 려고 애써 일하지만 그들은 보잘것 없는 품삯으로 우릴 죽게 만들지. 우리는 그들을 위해 하루 종일 천을 짜고 그들은 금고 에 금을 쌓아 둔단 말이야. 우리 아이들은 얼마 살지도 못한 채 숨을 거두고, 우리가 사랑하는 사람들의 얼굴은 험상궂고 흉악 하게 변해 간다고. 우리는 발로 포도를 밟아 즙을 짜고 그들은 그 포도주를 마시지. 옥수수를 거두는 건 우리지만 우리 식탁 은 늘 비어 있지. 감시하는 눈은 없지만 우리는 얽매여 있고 자 유롭다고 하지만 노예나 다름없어."

직조공이 대답했다.

"그 말이 모두 사실이냐?"

어린 왕이 물었다.

"모두 다 사실이지. 남자나 여자나, 어린 아이나 늙은이나 모두 다 그래. 상인들이 멋대로 값을 부르며 못 살게 굴어도 우리는 그저 따를 수밖에 없어. 신부님이 지나다가 가끔씩 기도나 해 줄 뿐, 아무도 우리를 돌아보지 않는걸. 우리 마을에는 햇빛도 들지 않아. 가난이 굶주린 눈을 번뜩이며 소리 없이 머무르고 음흉한 얼굴을 한 죄악만 들러붙어 있지. 아침에 눈을 뜨면 슬프고, 밤에 자려고 눈을 감으면 부끄러워. 하지만 이런 게 당신과 무슨 상관이지? 당신은 우리와 다르군. 너무 행복해 보여."

직조공은 못마땅한 얼굴로 돌아섰다. 그러고는 다시 베틀에 북을 넣었다. 어린 왕은 그들이 금실로 천을 짜고 있다는 것을 알아차렸다.

"지금 네가 짜고 있는 것은 무슨 옷이냐?"

어린 왕은 떨리는 목소리로 직조공에게 물었다.

"어린 왕이 대관식 때 입을 옷이지."

직조공이 대답했다.

어린 왕은 비명을 지르다 잠에서 깼다. 그는 침실에 누워 있었고, 창문 밖에는 벌꿀처럼 노랗고 둥근 달이 어둔 하늘 한복판에 걸려 있었다.

소년은 다시 잠이 들었고 또 꿈을 꾸었다.

소년은 노예 백 명이 줄지어 앉아 노를 젓는 거대한 배의 갑판에 누워 있었다. 그 옆에는 선장이 양탄자를 깔고 앉아 있었다. 그는 피부가 흑단처럼 까맣고 머리에 빨간 비단을 두르고 있었다. 두꺼운 귓볼에는 커다란 은 귀걸이를 하고 있었고 상아로 만든 천칭 저울을 들고 있었다. 노예들은 허리춤에 다 헤진 천 조각만 두르고 있을 뿐 벌거벗은 것이나 마찬가지였으며 옆 사람과 쇠사슬로 묶여 있었다. 머리 위로 뜨거운 햇볕이 내리쬐었고, 흑인들이 통로를 오가며 가죽 채찍으로 노예들을 후려쳤다. 노예들이 깡마른 팔을 뻗어 무거운 노를 잡아당기자, 노 끝에 소금기를 머금은 물보라가 일어났다.

마침내 배가 작은 만에 닿자, 선원들은 조심스럽게 주변을 살피기 시작했다. 뭍에서 잔잔한 바람이 불어오더니 곧 갑판과 삼각돛이 곱고 붉은 먼지로 뒤덮였다. 그 때 나귀를 탄 아랍인 셋이 나타나 그들에게 창을 던지기 시작했다. 선장은 울긋불긋하게 칠해진 활에 화살을 재더니 그 중 한 사람의 목을 겨누었다. 아랍인 하나가 화살을 맞고 파도 위로 철퍼덕 쓰러지자 나머지 두 명은 멀리 도망가 버렸다. 노란 베일을 두른 여자가 낙타를 타고 그 뒤를 따르며 때때로 시체를 돌아보았다.

닻을 내리고 돛을 끌어내리자마자 흑인들은 화물칸으로 들어가 무거운 납이 달린 밧줄 사다리를 가지고 나왔다. 선장은 난간 위에 사다리를 걸치고 강철 기둥 두 개에 그 끝을 고정시켰다. 흑인들은 가장 젊은 노예를 데려와 사슬을 푼 뒤 밀랍으로 노예의 코와 귀를 막고 허리에 커다란 돌멩이를 묶었다. 노예는 지친 몸을 이끌고 사다리를 내려가 바닷속으로 사라졌다.

그가 가라앉은 자리에 거품이 보글보글 올라왔다. 다른 노예들은 호기심 어린 표정으로 난간 너머를 내다보았다. 상어를 부릴 줄 아는 선원이 뱃머리에 앉아 단조로운 리듬으로 북을 쳤다.

얼마쯤 지나자 잠수했던 노예가 아름다운 진주를 갖고 올라왔다. 선장은 진주의 무게를 달아보고 나서 초록빛 가죽으로 만든 작은 주머니에 집어 넣었다. 그러고는 또다시 노예를 물 속으로 던졌고, 노예는 올라올 때마다 진주를 들고 있었다.

어린 왕은 말을 하고 싶었지만 혀가 입천장에 들러붙은 것만 같았고 입술도 움직일 수 없었다.

흑인들은 서로 잡담을 나누다가 반짝이는 구슬 목걸이를 가운데 놓고 싸우기 시작했다. 왜가리 두 마리가 배 주변을 날아다녔다.

노예가 마지막으로 가지고 온 진주는 보름달처럼 동그랗고 샛별보다 하얘서 정말 아름다웠다. 하지만 노예의 얼굴이 이상하리만치 창백했다. 노예는 곧 갑판에 쓰러져 코와 귀에서 피를 펑펑 쏟았다. 그러고는 몸을 한 번 부르르 떨더니 이내 잠잠해졌다. 흑인들은 어깨를 으쓱하고는 시체를 배 밖으로 던져버렸다. 선장은 큰 소리로 웃으며 진주를 집어 이마에 대고 절을 하며 말했다.

"어린 왕의 홀을 위해서라면 어쩔 수 없지."

선장은 흑인들에게 닻을 올리라는 신호를 보냈다.

어린 왕은 비명을 지르다 잠에서 깨어났다. 창문 밖에는 새벽이 잿빛의 기다란 손가락으로 희미해져가는 별들을 움켜쥐고 있었다.

소년은 다시 잠이 들었고 또 꿈을 꾸었다.

소년은 어두운 숲 속을 헤매고 있었다. 나무에는 기이한 과일들이 열려 있었고 곳곳에 독을 품은 아름다운 꽃들이 피어 있었다. 소년이 지나갈 때마다 살무사들은 쉿쉿 소리를 냈고 화려한 앵무새들은 꽉꽉거리며 이 가지 저 가지로 날아다녔다. 뜨거운 진흙 속에는 커다란 거북들이 잠들어 있었고 나무 위에는 원숭이와 공작새들이 잔뜩 앉아 있었다.

소년은 숲을 벗어날 때까지 계속 걸었다. 그러자 엄청나게 많은 사람들이 바짝 마른 강바닥에서 개미처럼 일하고 있는 게 보였다. 사람들은 험한 바위산을 오르기도 하고, 깊은 굴 속에 들어가기도 하고, 커다란 도끼로 바위를 쪼개기도 하고, 손으로 모래 바닥을 더듬기도 하며 열심히 일하고 있었다. 선인장을 뿌리째 뽑아 주홍빛 열매를 밟아 뭉개는 사람도 있었다. 모두 서로를 불러 대며 바쁘게 일하고 있었다. 쉬고 있는 사람은 아무도 없었다.

죽음과 탐욕이 동굴 속에 앉아 그들을 내려다보고 있었다.

"피곤하군. 세 명만 주면 나도 그만 가지."

죽음이 말했다.

"저들은 다 내 하인이야."

탐욕이 고개를 저었다.

"손에 쥐고 있는 게 뭔가?"

죽음이 말했다.

"곡식 세 알. 하지만 이게 무슨 상관이야?"

탐욕이 대답했다.

"정원에 심게 한 알만 줘! 딱 하나만. 그럼 갈게."

죽음이 소리쳤다.

"난 아무것도 줄 수 없어."

탐욕은 옷 속으로 손을 감추며 말했다.

죽음이 슬며시 웃더니 바가지를 들어 웅덩이의 물을 펐다. 바가지에서 학질이 튀어나와 사람들 사이를 헤집고 다니자, 사람들 중 3분의 1이 숨을 거두었다. 차가운 안개가 그 뒤를 따라다녔고 물뱀들이 그 옆에서 헤엄쳤다. 탐욕은 사람들이 죽는 광경을 보고 가슴을 치며 눈물을 흘렸다.

"내 하인을 삼분의 일이나 죽이다니. 썩 꺼져 버려! 타타르 산맥에 전쟁이 나서 두 나라의 왕이 모두 너를 애타게 부르고 있어. 아프가니스탄에선 사람들이 까만 황소를 죽여서 전쟁터로 가고 있어. 강철 투구를 쓰고 창으로 방패를 두드리면서 말이야. 이 골짜기가 뭐가 좋다고 그래? 여기 있는 이유가 뭐야?

가 버려. 다시는 여기 오지 마."

탐욕이 메마른 가슴팍을 쥐어뜯으며 소리질렀다.

"싫어. 곡식 한 알을 주기 전까지는 갈 수 없어."

죽음이 대답했다.

"난 아무것도 줄 수 없어."

탐욕은 주먹을 꼭 쥐고 이를 꽉 깨물었다.

죽음은 슬며시 웃더니 돌멩이를 들어 숲 속으로 던졌다. 덤불에서 불꽃 옷을 입은 열병이 나타나 사람들을 건드리자, 그 손이 닿은 사람들은 모두 숨을 거두었다. 열병이 발걸음을 옮길 때마다 잔디가 말라 죽었다. 탐욕은 벌벌 떨며 재를 뒤집어 썼다.

"넌 잔인해. 너무 잔인해. 인도의 성곽에는 기근이 찾아왔고 중동의 저수지도 다 말라붙었어. 이집트의 성곽에도 사막에서 날아온 메뚜기 떼로 기근이 일어났지. 가물어 나일 강은 넘치지 않고 사람들은 풍요의 여신 이시스와 남편 오시리스를 저주하고 있단 말이야. 너를 필요로 하는 곳으로 가 버려. 내 하인들을 건드리지 말고."

탐욕이 소리쳤다.

"싫어. 곡식 한 알을 주기 전까지는 갈 수 없어."

죽음이 대답했다.

"난 아무것도 줄 수 없어!"

탐욕이 딱 잘라 말했다.

죽음은 슬며시 웃더니 휘파람을 불었다. 굶주린 독수리들과 함께 누군가 날아왔는데 그 이마에 '전염병'이라고 쓰여 있었다. 전염병이 날개로 골짜기를 뒤덮자 이제 살아남은 사람은 아무도 없었다. 탐욕은 비명을 지르며 숲 속으로 달아났고 죽음은 붉은 말에 올라타고 멀리 사라졌다. 말발굽 소리가 바람보다 빨랐다.

용과 비늘 달린 끔찍한 괴물들이 끈적끈적한 골짜기 밑에서 기어 올라왔고, 어디선가 모여든 자칼이 코를 킁킁거리며 모래밭을 따라 걸어갔다.

"저 사람들은 누구였지? 대체 뭘 찾고 있었던 걸까?"

어린 왕은 눈물을 흘리며 말했다.

"왕관에 쓸 루비를 찾고 있었지요."

누군가가 대답했다.

어린 왕이 깜짝 놀라 주변을 둘러보니, 한 남자가 순례자처럼 옷을 입고 은 거울을 들고 서 있었다.

"누구의 왕관이지?"

어린 왕이 창백한 얼굴로 물었다.

"이 거울에 그가 보일 겁니다."

순례자가 대답했다.

어린 왕은 거울에서 자기 얼굴을 보고는 비명을 지르며 잠에서 깼다. 밝은 햇빛이 방으로 쏟아지고 정원에서 새들이 지저귀고 있었다.

시종관과 고관들이 들어와 어린 왕에게 절을 하자, 어린 시종들이 금실로 짠 예복과 함께 왕관과 홀을 내밀었다. 어린 왕은 그것들을 바라보았다. 아름다웠다. 지금까지 본 어떤 것보다도 아름다웠다. 하지만 어린 왕은 밤새 꾼 꿈이 떠올랐다.

"이것들을 모두 치우시오."

어린 왕이 말했다.

시종들은 깜짝 놀랐다. 어떤 시종은 어린 왕이 농담하는 줄 알고 웃었다.

"이것들을 모두 치우고 다시는 내 눈에 띄지 않게 해라. 대관식 때도 저것들을 쓰지 않겠다. 이 옷은 고통에 찌든 창백한 손이 슬픔의 베틀로 짠 예복이다. 루비에는 피가 고여 있고 진주에는 죽음이 깃들어 있어."

어린 왕은 다시 한 번 단호하게 말했다.

그러고는 시종들에게 세 가지 꿈 이야기를 해 주었다.

"왕은 분명히 미쳤어. 꿈은 꿈이고 환상은 환상일 뿐이지. 진짜도 아닌 것을 마음에 담아 두어서 뭘 어쩌겠다는 거야? 우리를 위해 애써 일하는 자들의 목숨을 도대체 어떻게 하라는 말이야? 씨 뿌리는 자를 본 뒤에는 빵도 먹지 말고, 포도 농사꾼과 이야기를 나눈 뒤에는 포도주도 마시지 말라는 말인가?"

시종들이 속닥거렸다.

"왕이시여, 그런 암울한 생각은 거두십시오. 그리고 아름다운 예복을 입고 왕관을 쓰십시오. 왕답게 입지 않으시면 사람들이 어찌 왕인 줄 알겠습니까?"

시종관이 어린 왕에게 말했다.

"정말 그런가? 내가 왕의 복장을 하고 있지 않으면 사람들은 내가 왕인 줄 모른단 말인가?"

어린 왕이 그를 바라보며 물었다.

"왕을 알아보지 못할 것입니다."

다른 시종이 큰 소리로 대답했다.

"왕이란 태어날 때부터 다른 사람인 줄 알았는데. 그대 말이 맞는지도 모르지. 하지만 난 이 예복도 입지 않고 왕관도 쓰지 않겠소. 궁전에 왔던 모습 그대로 궁전을 나서겠소."

어린 왕이 말했다.

그는 모두 방에서 나가도록 명령하고, 자기보다 한 살 어린 시종만 남겨 두었다. 어린 왕은 그 시종에게 시중을 들도록 하고 깨끗한 물에 들어가 스스로 몸을 씻었다. 그러고는 커다란 상자를 열어 양을 칠 때 입던 거친 가죽옷과 조잡한 망토를 꺼냈다. 옷을 다 입은 뒤에는 양치기 지팡이를 들었다.

"예복과 홀은 드셨으나 왕관은 어디 있습니까?"

깜짝 놀란 어린 시종은 파란 눈을 동그랗게 뜨고 웃으며 말했다.

어린 왕은 발코니까지 올라온 찔레나무 가지를 꺾어 둥그렇게 엮은 뒤 머리에 썼다.

"이게 내 왕관이란다."

어린 왕이 대답했다.

어린 왕은 옷을 다 차려 입고 귀족들이 기다리고 있는 대강당으로 갔다. 귀족들은 어린 왕을 보고 소란을 피웠다.

"왕이시여, 사람들은 왕을 기다리고 있습니다. 그런데 거지로 나타나실 겁니까?"

어떤 귀족이 소리쳤다.

"우리 왕국을 욕되게 만들다니, 저자는 왕이 될 자격이 없어!"

다른 귀족은 화를 내며 말했다.

하지만 어린 왕은 한 마디도 대꾸하지 않은 채 귀족들을 지나쳐 대리석 계단을 내려간 다음 청동 문을 열고 밖으로 나갔다. 어린 왕은 말을 타고 성당으로 향했고, 어린 시종은 그 옆에서 뛰어갔다.

"말을 타고 있는 게 왕의 광대인가 봐."

사람들이 놀리며 말했다.

"아니오, 내가 왕입니다."

어린 왕은 고삐를 당겨 말을 세웠다.

그러고는 사람들에게 세 가지 꿈 이야기를 해 주었다.

"왕이시여! 당신은 부자들의 사치에서 가난한 자들의 삶이 나온다는 것을 모르셨습니까? 우리는 부자들의 사치로 먹고 살며 부자들의 악덕으로 빵을 얻습니다. 지독한 주인을 위해 일하는 것은 고통스러운 일이지만 섬길 주인이 없다는 것은 더 고통스러운 일이지요. 아니면 우리더러 부자들의 것을 빼앗으 라는 말씀인가요? 도대체 어떻게 하려고 그러십니까? 물건을 사는 자에게 '이만큼만 사라.' 하고, 파는 자에게는 '얼마에 팔 아라.' 하고 정해 주실 건가요? 아마 못 하실 겁니다. 그러니 궁으로 돌아가 화려한 자줏빛 예복을 두르십시오. 당신이 우리 와 무슨 상관이 있습니까? 우리 보고 어떻게 하라는 겁니까?"

한 남자가 날카로운 목소리로 말했다.

"부자와 가난한 자도 모두 한 형제가 아니던가?"

어린 왕이 말했다.

"그렇지요. 부자 형의 이름은 카인이지요."

그가 대답했다.

어린 왕의 눈에 눈물이 고였다. 사람들이 수군거리자, 어린 시종은 겁을 집어먹고 몰래 도망쳤다.

드디어 어린 왕은 으리으리한 성당 앞에 도착했다.

"왜 여기에서 얼쩡거리는 거냐? 이 문으로는 왕만 들어가실 수 있다."

군인들이 창으로 어린 왕을 막으며 말했다.

"내가 왕이다."

어린 왕은 화가 나서 얼굴이 빨개졌다.

어린 왕은 창을 밀쳐내고 성당으로 들어갔다. 늙은 교황은 왕이 양치기 복장으로 들어오는 것을 보고 깜짝 놀랐다. 교황은 자리에서 벌떡 일어나 왕을 맞이하기 위해 제단을 내려갔다.

"왕이시여, 진정 왕이십니까? 제가 머리에 씌워 드릴 왕관과 손에 건네 드릴 홀은 대체 어디 있습니까? 오늘은 폐하에게 부끄러운 날이 아니라 아주 기쁜 날입니다."

교황이 말했다.

"슬픔이 지은 옷을 입고 어찌 기쁘겠습니까?"

어린 왕이 말했다.

그러고는 세 가지 꿈 이야기를 해 주었다.

"왕이시여, 저는 황혼기에 접어든 늙은이지요. 이 험한 세상에 수많은 악이 존재한다는 걸 잘 알고 있습니다. 흉악한 강도들이 산에서 내려와 어린 아이들을 유괴해 무어인들에게 팔아 넘기지요. 사자들은 숨어서 대상 행렬을 기다리다가 낙타들을 잡아먹습니다. 골짜기의 야생 멧돼지들은 옥수수를 뿌리째 뽑아 놓고 여우들은 언덕의 포도를 죄다 훔쳐 먹습니다. 해적들은 바닷가 마을을 엉망으로 만들고 어부들의 고깃배를 불태우며 그물을 빼앗지요. 문둥이들은 바닷물이 드나드는 갯벌에 갈대 집을 짓고 살고 거지들은 길거리를 헤매며 개들이 먹는 것을 같이 먹지요. 왕이라 할지라도 세상에 이런 일이 더 이상 일어나지 않게 할 수는 없습니다. 문둥이들과 같이 자고 거지들과 같이 드실 수 있나요? 사자가 왕의 명령을 따르고 멧돼지가 왕에게 복종할까요? 고통을 만드신 하느님은 왕보다 지혜로운 분이 아니십니까? 저는 이 일에 찬성할 수 없습니다. 그러니 궁으로 돌아가서 기쁜 얼굴로 왕에게 어울리는 옷을 입고 다시 오십시오. 제가 머리에 황금 왕관을 씌워 드리고 손에 진주로 된 홀을 들려 드리겠습니다. 그 꿈은 더 이상 생각하지 마십시오. 이 세상의 짐은 한 사람이 지기에는 너무 무겁고 이 세상의 슬픔은 한 사람이 거두기에는 너무 큽니다."

교황이 눈살을 찌푸리며 말했다.

"어떻게 하느님의 집에서 그런 말을 할 수 있습니까?"

어린 왕은 교황을 지나쳐 성큼성큼 걸어갔다.

그러고는 제단에 올라 예수의 형상 앞에 섰다. 그 양쪽에는 금으로 만든 아름다운 그릇과 포도주를 담은 성배와 성유를 담은 유리병이 놓여 있었다. 그는 예수의 형상 앞에 무릎을 꿇었다. 보석이 박힌 감실 옆에 촛불이 타고 있었고 향에서 피어오른 연기가 푸른 소용돌이를 일으키며 돔 천장으로 올라갔다. 어린 왕이 기도하려고 고개를 숙이자 단정한 제의를 입은 사제

들이 조용히 물러났다.

갑자기 밖에서 큰 소란이 일어나더니, 귀족들이 칼을 빼들고 번쩍이는 강철 방패를 든 채 깃 장식을 나부끼며 성당으로 뛰어 들어왔다.

"꿈꾸는 자는 어디 있느냐? 거지 옷을 입고 온 나라를 창피하게 만든 그 왕은 어디 있느냐? 그를 죽여야 한다. 그는 우리를 통치할 자격이 없어!"

귀족들이 소리쳤다.

어린 왕은 다시 고개를 숙이고 기도했다. 이윽고 기도를 끝낸 왕이 일어나 그들을 슬픈 표정으로 바라보았다. 그 때 성당의 스테인드글라스를 통해 들어온 햇빛이 왕에게 아름다운 예복을 만들어 주었다. 왕을 기쁘게 하기 위해 만든 대관복보다훨씬 아름다운 옷이었다. 바짝 마른 지팡이에서는 진주보다 새하얀 백합이 피어났고, 가시관에서 피어난 장미꽃은 루비보다더 새빨갰다. 백합의 줄기는 은빛으로 반짝거렸고, 장미의 이파리는 눈부신 황금빛이었다. 흠잡을 데 없이 훌륭한 왕의 복장이었다.

그 때 보석이 박힌 감실의 문이 열리며 성체를 담아 놓은 크리스털 성합에서 아름답고 신비로운 빛이 뿜어져 나왔다. 하느님의 영광이 성당을 가득 채우자 벽에 조각된 성인들이 살아움직이는 것 같았다. 오르간과 트럼펫이 연주를 시작하고 성가

대의 소년들은 노래를 불렀다. 사람들은 경외감에 사로잡혀 무릎을 꿇고 엎드렸으며 귀족들은 칼을 칼집에 넣고 존경을 표했다. 교황도 무릎을 꿇었다.

"왕보다 위대하신 분이 왕에게 왕관을 씌우셨다!"

얼굴이 새파랗게 질린 교황이 입술을 바르르 떨며 말했다.

왕은 높은 제단에서 내려와 사람들 사이를 지나서 궁전으로 돌아갔다. 하지만 누구도 감히 왕의 얼굴을 올려다보지 못했다. 왕의 얼굴이 천사같이 빛났기 때문이다.

스페인 공주의 생일

스페인 공주의 열두 번째 생일이었다. 햇살이 궁전 정원을 밝게 비추고 있었다. 아무리 스페인 공주라고 해도 여느 가난한 집 아이들처럼 생일은 일 년에 딱 한 번뿐이었다. 그래서 이날은 온 왕국에 아주 중요한 날이었고, 공주는 당연히 즐거운 하루를 보내야만 했다.

키가 큰 줄무늬 튤립들은 줄기를 곧게 펴고 마치 군인들처럼 가지런히 줄을 맞추었다.

"오늘은 우리도 너희만큼 아름답단다."

튤립들이 건너편에 있는 장미들을 거만한 표정으로 바라보며 말했다.

자줏빛 나비들은 금가루를 뿌려 놓은 듯 반짝이는 날개를 펄럭이며 이 꽃 저 꽃 사이를 날아 다녔고, 작은 도마뱀들은 벽틈에서 기어 나와 따사로운 햇볕을 쬐며 누워 있었다. 잘 익은 석류는 살짝 벌어져 핏빛처럼 붉은 심장을 드러냈고, 무너져 가는 격자무늬 울타리에서부터 어두컴컴한 아치를 따라 탐스럽게 열린 노란 레몬들은 햇빛을 받아 더 샛노래 보였다. 상아로 조각해 놓은 듯한 하얀 목련에선 짙은 향기가 났다.

귀여운 공주는 친구들과 정원을 돌아다니며 돌로 만든 꽃병과 이끼가 낀 오래 된 조각상들 사이에서 숨바꼭질을 했다. 평소에는 같은 계급의 아이들하고만 어울려야 했기 때문에 언제나 혼자 놀았지만, 생일에는 같이 놀고 싶은 아이들을 맘껏 초대해도 되었다.

날씬한 스페인 아이들이 점잖게 걷는 모습은 기품 있어 보였다. 남자 아이들은 깃털이 달린 모자를 쓰고 팔락거리는 짤막한 망토를 둘렀으며, 여자 아이들은 화려하게 장식된 치맛자락을 살짝 쥔 채 은빛이 어우러진 커다란 검은 부채로 햇빛을 가렸다.

공주는 다른 아이들보다 훨씬 우아했다. 다소 거추장스럽긴 했지만 생일이니만큼 아주 세련된 옷차림을 하고 있었다. 새틴 원단으로 만든 은빛 드레스의 소매는 봉긋하게 솟아올라 있었고 치마에는 은실로 화려하게 수놓아져 있었다. 그리고 코르셋에는 새하얀 진주가 줄지어 달려 있었다. 실내화의 커다란 분홍 꽃장식이 걸을 때마다 드레스 밖으로 살짝살짝 엿보였고, 커다란 망사 부채도 은은하게 반짝이는 분홍빛이었다. 작고 뽀얀 얼굴을 희미한 후광처럼 두르고 있는 금발은 풍성해 보이도록 위로 말아 올려졌는데, 거기에는 아름다운 백장미가 꽂혀 있었다.

왕은 창가에 서서 슬프고 우울한 표정으로 아이들을 내려다보고 있었다. 그 뒤에는 왕의 형이자 아라곤의 왕인 돈 페드로가 서 있었고, 그 옆에는 그라나다의 종교 재판관이 앉아 있었다.

왕은 여느 때보다 더 슬펐다. 공주가 신하들에게 우아하게 인사를 하고 늘 그림자같이 공주를 따라다니는 엄격한 앨버커키 공작부인에게 부채로 입을 가리고 웃어 보이는 모습에서, 공주의 어머니인 왕비가 떠올랐던 것이다.

아름다운 나라 프랑스에서 온 왕비는 화려하지만 음침한 스페인 궁전에서 지내느라 몸이 쇠약해졌다. 왕비는 아이를 낳은 뒤 반 년 만에 숨을 거두었다. 과수원의 아몬드 나무가 꽃을 피우는 것을 다시 보지도, 잔디가 파릇파릇하게 자란 정원에 있는 옹이 진 늙은 무화과나무에서 열매를 따지도 못했다.

왕은 왕비를 너무 사랑했기 때문에 왕비가 차가운 땅에 묻히도록 두지 않았다. 왕은 이단 행위와 마술을 했다는 죄목으로 종교 재판을 받은 무어인 의사를 빼내어 왕비를 미라로 만들게 했다. 그래서 왕비는 궁전 안에 있는 성당으로 옮겨져 화려한 검은 대리석 관에 누워 있게 되었다. 12년 전 바람이 몹시 불던 어느 화요일에 옮겨진 모습 그대로 말이다. 하지만 왕에게는 그 일이 얼마 전처럼 생생했다.

왕은 한 달에 한 번씩 검은 망토를 두르고 성당에 가서 관 앞에 무릎을 꿇었다. 그러고는 "나의 왕비여! 나의 왕비여!"라고 부르짖었다. 그 순간만큼은 일상의 모든 행동을 지배하며 슬픔조차 억누르는 형식적인 스페인 궁중 예절을 어기고 격렬하게 몸부림치며 울었다. 보석으로 치장한 왕비의 창백한 손을 꼭 부여잡고 뜨거운 입맞춤으로 짙게 화장한 차가운 얼굴을 깨워보려 애쓰기도 했다.

오늘 공주를 보니, 왕은 퐁텐블로에서 처음 만난 왕비를 다시 보는 것만 같았다. 그 때 그는 열다섯 살이었고 왕비는 더 어렸다. 그들은 로마 교황 사절단이 방문해 프랑스 왕과 모든 신하들이 모인 자리에서 공식적으로 약혼을 했다. 왕은 마차에 올라타는 자신의 손에 입맞춤을 하던 왕비의 여린 입술과 노란 고수머리를 마음 속에 간직한 채 스페인으로 돌아왔다. 그들은 두 나라의 국경에 있는 부르고스라는 작은 마을에서 곧바로 결혼식을 올렸고, 그 뒤 수많은 사람들이 라 아토차 성당에서 열린 대미사에 참석하기 위해 마드리드로 몰려갔다. 그리고 영국인이 포함된 이교도 3백 명을 처형하는 화형식이 평소보다 더

욱 경건하게 치러졌다.

왕은 왕비를 미친 듯이 사랑했다. 사람들은 그 사랑이 나라를 망하게 할 정도로 심각하다고 걱정했다. 당시 스페인은 신세계를 차지하기 위해 영국과 전쟁을 벌이고 있었지만, 왕은 왕비가 한시라도 눈앞에 보이지 않으면 견딜 수 없어서 다른 생각을 할 수 없었다. 그러느라 나라의 중요한 일들을 모두 잊어버렸다. 아니, 잊어버린 것처럼 보였다. 왕은 열정을 지나치게 불태우는 사람들처럼 점점 사랑에 눈이 멀었다. 왕은 왕비를 기쁘게 해 주려고 벌이는 행사들이 도리어 왕비의 이름 모를 병을 더욱 악화시킨다는 것을 알아차리지 못했다.

왕비가 죽었을 때 왕은 한동안 제정신이 아니었다. 형을 믿고 어린 공주를 맡길 수만 있다면, 왕위에서 물러나 예전부터 명예 수도원장직을 지내던 그라나다의 트라피스트 대수도원으로 들어가고 싶었다. 하지만 형은 스페인에서조차 잔혹하기로 악명이 높았다. 더구나 왕비가 아라곤 왕국을 방문했을 때, 형이 왕비에게 독이 묻은 장갑을 선물해 죽음으로 몰고 갔다는 소문이 떠돌고 있었다.

온 나라에 법으로 정한 3년의 애도 기간이 지난 뒤에도 왕은 재혼할 생각을 하지 않았다. 황제가 친히 방문해 조카딸인 보헤미아 대공비와 결혼하라고 했을 때는 왕이 대사에게 이렇게 말하기도 했다. 스페인 왕은 이미 슬픔과 결혼했으며 비록 슬픔이 생명 없는 신부이긴 하지만 아름다움보다 더 사랑한다고 말이다. 그 대가로 결국 왕은 네덜란드의 부유한 도시들을 내놓아야만 했다. 황제가 개혁파 교회의 광신도들이 봉기하도록 부추겼기 때문이다.

정원에서 놀고 있는 공주를 보고 있자니, 왕은 행복과 이별의 아픔이 뒤섞인 결혼 생활이 되살아나는 것 같았다. 공주는 가끔씩 창문을 올려다보거나 우람한 스페인 신사들이 입맞춤할 수 있도록 작은 손을 내밀었다. 사랑스러우면서도 까다로운 태도, 고집쟁이처럼 갑자기 고개를 치켜드는 버릇, 도도하고 아름다운 입매, 진정한 프랑스인다운 눈부신 웃음이 왕비를 쏙 빼닮았다.

왕은 아이들의 높은 웃음소리가 무척 마음에 거슬렸다. 햇빛은 잔인할 정도로 밝아 왕을 조롱하는 것 같았고 신선한 아침 공기에는 시체 썩는 냄새가 뒤섞여 있는 것 같았다. 그것은 단순히 왕의 상상이었을까? 왕은 두 손에 얼굴을 파묻었다.

공주가 다시 위를 올려다봤을 때는 창문에 커튼이 드리워져 있었고 왕은 이미 안으로 들어가 버린 뒤였다.

실망한 공주는 부루퉁한 얼굴로 어깨를 한 번 으쓱했다. 생일만이라도 아버지가 함께 있어 준다면 좋을 텐데, 그깟 나라 일이 얼마나 중요하다고. 혹시 촛불이 타고 있는 어두운 성당에 간 건 아닐까? 왕은 공주가 그 곳에 들어가지 못하게 했다.

공주는 아버지가 왕이지만 바보 같다고 생각했다. 날씨도 화창하고 모두 즐거운데! 왕은 꼭두각시놀이와 멋진 구경거리들은 말할 것도 없고 이미 트럼펫이 울리기 시작한 가짜 투우 시합도 놓쳐 버릴 것이다.

공주의 삼촌인 돈 페드로와 종교 재판관은 공주에게 아버지보다 훨씬 더 많은 관심을 기울여 주었다. 그들은 정원까지 나와 공주를 칭찬해 주었다. 공주는 턱을 치켜들고 돈 페드로의 손을 잡은 다음 정원 구석에 세워진 자줏빛 비단 천막을 향해 천천히 걸어갔다. 다른 아이들은 이름이 긴 순서대로 줄을 서서 공주의 뒤를 따랐다.

투우사처럼 멋지게 차려 입은 귀족 계급 아이들이 공주를 맞이하기 위해 나와 있었다. 특히 어린 백작인 티에라 누에바는 열네 살이었지만 스페인 귀족다운 우아한 동작으로 모자를 벗고 공주에게 절을 했다. 그러고는 진지한 태도로 경기장이 내려다보이는 황금빛 상아 의자까지 공주를 안내했다. 아이들은 공주를 둘러싼 채 커다란 부채를 부치며 소곤거렸고 돈 페드로와 종교 재판관은 웃으며 천막 입구에 서 있었다. 쌀쌀맞은 공작부인은 주름이 잡힌 노란 깃 장식을 달고 있었고 오늘만은 기분이 괜찮아 보였다. 깡마르고 주름진 얼굴에는 차갑지만 희미한 웃음이 비쳤고, 가늘고 핏기 없는 입술을 할 말이 있는 것처럼 달싹였다.

가짜 투우 시합은 정말 멋졌다. 공주는 파르마 공작이 방문했을 때 세실리아에서 보았던 진짜 투우보다 훨씬 멋지다고 생각했다. 어떤 소년들은 화려한 리본으로 장식한 기다란 투창을 이리저리 휘두르며 한껏 멋을 부린 목마를 타고 달렸다. 또 어떤 소년들은 황소 앞에서 진홍빛 망토를 흔들다가 황소가 돌진해 오면 보호 벽을 가볍게 뛰어넘곤 했다. 갈대로 뼈대를 만들고 그 위에 가죽을 덧씌운 가짜 황소였지만, 살아 있는 황소 못지않았다. 황소는 뒷발로 서서 경기장을 뛰어다니며 진짜 황소라면 꿈도 꾸지 못할 묘기를 선보였다. 황소는 멋진 경기를 보여 주었고 아이들은 흥분한 나머지 자리에서 일어나 레이스 달린 손수건을 흔들었다.

"잘 한다, 황소! 잘 한다, 황소!"

아이들은 어른들이 하는 것처럼 소리쳤다.

황소는 목마를 계속 들이받으며 기수들을 말에서 떨어뜨렸다. 경기가 길어지자, 어린 백작 티에라 누에바는 공주의 허락을 받아 황소에게 최후의 일격을 가했다. 그가 목검으로 황소 목을 힘껏 찌르자, 황소 머리가 떨어져 나가면서 마드리드 주재 프랑스 대사의 아들인 로랜의 웃는 얼굴이 나타났다.

박수 갈채가 쏟아지는 동안 경기장은 깨끗이 치워졌고 노랗고 까만 제복을 입은 무어인 시종 둘이 들어와 두 동강난 황소를 조용히 끌고 나갔다.

막간을 이용해 곡예사들이 줄타기 공연을 보여 주었고 이탈리아 꼭두각시들이 조그만 전용 극장에서 고대 비극을 공연했다. 꼭두각시들은 연기가 매우 뛰어났고 동작도 자연스러웠다. 연극이 결말에 다다르자 공주는 눈물을 흘렸으며, 어떤 아이들은 엉엉 울어서 사탕과 과자로 달래야 했다. 심지어 종교 재판관조차 깊은 감명을 받아 돈 페드로에게 이렇게 말했다. 한낱 나무토막과 밀랍에 색칠해 만든 꼭두각시일 뿐인데도 불행하고 끔찍한 일을 겪는 것을 보고 있자니 견딜 수 없다고.

그 다음에는 아프리카 곡예사가 빨간 천으로 덮인 넓고 납작한 바구니를 들고 나왔다. 그는 경기장 한가운데 바구니를 내려놓고는 터번에서 이상하게 생긴 갈대피리를 꺼내 불었다. 잠시 뒤 빨간 천이 움직이기 시작하더니, 점점 높아지는 피리 소리를 따라 금빛 무늬가 있는 초록 뱀 두 마리가 뾰족한 머리를 천천히 내밀었다. 뱀들은 마치 물 속에서 흔들리는 물풀처럼 피리 소리에 따라 이리저리 몸을 흔들었다. 아이들은 얼룩덜룩한 대가리와 빠르게 날름거리는 혓바닥에 잔뜩 겁을 집어 먹었다. 그러자 곡예사가 재주를 부려 모래더미에서 작은 오렌지 나무를 자라게 하고 그 나무에서 하얗고 예쁜 꽃이 피게 하더니 진짜 오렌지가 열리게 했다. 아이들은 그제야 마음을 놓고 흥미를 갖기 시작했다. 곡예사는 라토레스 후작의 어린 딸이 쥐고 있던 부채를 파랑새로 바꾸었다. 파랑새가 이리저리 날아다니며 노래하자 아이들은 즐거워 어쩔 줄 몰라 했다.

누에스트라 세뇨라 델 필라 성당의 춤추는 소년들이 우아한 공연을 보여 준 것도 무척 인상적이었다. 공주는 성모 마리아에게 해마다 바치는 이 훌륭한 의식을 본 적이 없었다. 영국 엘리자베스 여왕을 따르는 어느 미치광이 신부가 아스투리아의 왕자에게 독이 든 성체를 먹이려 한 사건이 일어난 뒤, 스페인의 귀족들은 사라고사 대성당에 들어갈 수 없게 되었다. 그래서 공주는 '성모 마리아의 춤이 있다'는 소문만 들었을 뿐이었다. 그 춤은 정말 대단했다. 소년들은 하얀 벨벳으로 된 옛날 궁중 옷을 입고 기묘하게 생긴 삼각 모자를 쓰고 있었는데, 그 모자에는 은술 장식과 거대한 타조 깃털이 달려 있었다. 소년들이 몸을 움직일 때마다 까무잡잡한 얼굴과 까맣고 긴 머리카락 때문에 눈부시도록 새하얀 옷이 더욱 두드러져 보였다. 소년들이 보여 준 당당한 위엄과 여유 있는 춤 동작과 점잖은 인사와 우아하고 정교한 춤에 사람들은 모두 사로잡혔다. 공연을 끝낸 소년들이 커다란 깃털 모자를 벗고 공주에게 깍듯이 절을 하자, 공주는 그들의 태도에서 존경심을 느낄 수 있었다. 공주는 답례로 필라 성당에 큰 밀랍 양초를 보내겠다고 약속했다.

다음에는 멋쟁이 이집트인 연주단이 나왔다. 그들은 양반다리를 하고 둥글게 앉아 오스트리아 민속 악기인 치터를 부드럽게 연주하기 시작했는데, 그 연주를 듣고 있자니 마치 꿈을 꾸는 것 같았다. 그들은 음악에 맞춰 몸을 흔들며 숨소리보다 더 낮고 조용하게 허밍을 했다. 그러다가 돈 페드로와 눈이 마주치자 갑자기 얼굴을 찌푸렸다. 겁을 먹은 것 같은 사람도 있었다. 몇 주 전, 돈 페드로가 세빌리아의 시장 통에서 마술을 부렸다며 연주 단원 둘을 교수형에 처했기 때문이다. 하지만 파란 눈을 동그랗게 뜨고 부채 너머로 공연을 보고 있는 귀여운 공주는 마음에 쏙 들었다. 연주자들은 공주처럼 사랑스러운 소녀라면 그 누구에게도 매정하게 굴지 못하리라는 생각이 들었다. 그래서 길고 뾰족한 손톱으로 치터 줄을 튕기며 더 부드럽게 연주를 계속했다. 그들이 잠이 든 것처럼 고개를 까딱거릴 때 어디선가 날카로운 비명이 들렸다.

아이들은 깜짝 놀랐고 돈 페드로는 칼을 움켜쥐었다. 연주자들은 그 소리에 맞춰 후다닥 일어나더니 탬버린을 두드리고 기묘한 노래를 열정적으로 부르면서 미친 듯이 경기장을 돌고 또 돌았다. 신호가 다시 울리자 땅바닥에 세차게 몸을 던진 채 쥐죽은 듯 움직이지 않았다. 고요를 깨는 소리는 잔잔한 치터 연주뿐이었다. 이것이 여러 번 반복된 뒤, 그들은 한순간 사라졌다가 동물들과 함께 다시 나타났다.

털북숭이 갈색 곰은 사슬에 묶여 있었고 꼬리 없는 원숭이들은 조련사 어깨 위에 올라앉아 있었다. 곰은 거대한 몸으로 물구나무를 섰다. 얼굴이 쭈글쭈글한 원숭이들은 조련사 소년

둘과 함께 재미있는 묘기도 부리고, 조그만 칼로 결투도 하고, 총을 쏘기도 하고, 왕의 호위대처럼 병사 훈련을 받기도 했다. 공연은 대성공이었다.

하지만 가장 재미있었던 것은 난쟁이의 춤이었다. 난쟁이가 커다랗고 못생긴 얼굴을 이리저리 흔들며 굽은 다리로 어기적어기적 걸어오자, 아이들은 신이 나서 크게 소리를 질렀고 공주도 큰 웃음을 터뜨렸다. 공작부인은 그런 공주를 보고 스페인 왕가의 피를 이어받은 공주가 눈물을 보인 적은 있어도 신분이 미천한 사람들 앞에서 크게 웃은 적은 없다는 것을 말해 주었다. 하지만 난쟁이는 정말 모든 사람의 시선을 사로잡았다. 스페인 왕국은 끔찍하게 생긴 별의별 것들을 구경하는 걸 좋아하기로 유명했지만 난쟁이처럼 특이하게 생긴 것은 처음이었다.

구경을 당하는 난쟁이에게도 이런 일은 처음이었다. 그는 바로 전날 숲 속에서 뛰어놀다가 우연히 그 숲에서 사냥하던 귀족들에게 붙들려 궁으로 끌려왔던 것이다. 그는 공주를 위한 깜짝 선물이었다. 가난한 숯쟁이인 그의 아버지는 혐오스럽고 쓸모 없는 자식을 안 보게 되었다며 좋아했다.

난쟁이는 자기가 얼마나 괴상하게 생겼는지 몰랐다. 마음씨가 고운 그는 지금까지 행복하게 살았다. 그래서 아이들이 웃을 때 그도 함께 마음껏 즐겁게 웃었고, 춤이 끝날 때마다 모든 아이들에게 웃는 얼굴로 고개를 끄덕여 보이며 인사를 했다. 마치 우스꽝스럽고 못생긴 괴물이 아니라 그 아이들과 똑같은 귀족인 것처럼 행동했다.

게다가 난쟁이는 공주에게 흠뻑 빠져 버렸다. 난쟁이는 공주에게 눈을 떼지 않고 오로지 공주만을 위해서 춤을 추었다.

예전에 교황이 달콤한 노래로 왕의 우울증을 치료하라고 이탈리아의 유명한 소프라노 카파렐리를 마드리드로 보낸 적이 있었다. 공주는 그 때 귀족 부인들이 가수에게 꽃다발을 던졌던 게 떠올랐다. 그래서 공주는 환하게 웃으며 머리에 꽂혀 있던 아름다운 백장미를 뽑아 난쟁이에게 던졌다. 반은 장난이었고 반은 공작부인을 곯려 주기 위해서였다. 하지만 난쟁이는 이 일을 몹시 진지하게 받아들였다. 그는 꽃에 입을 맞춘 다음 손을 가슴 위에 올리고 공주 앞에 무릎을 꿇었다. 그러고는 입이 찢어져라 웃으며 작은 눈을 반짝였다.

공주는 부끄러운 줄도 모르고 난쟁이가 퇴장하고도 한참 동안 웃음을 그치지 못했다. 공주는 공연을 다시 보고 싶다며 삼촌을 졸라 댔지만, 공작부인은 햇볕이 너무 뜨겁다며 이제 그만 궁전으로 돌아가는 게 좋겠다고 했다. 공작부인은 궁전에서도 화려한 축하 공연이 준비되어 있고 색색의 설탕으로 공주의 이름이 쓰인 케이크도 있으며 그 케이크에는 귀여운 은 깃발도 꽂혀 있다고 공주를 타일렀다. 공주는 그 말을 듣고 대단히 우아한 동작으로 자리에서 일어났다. 그러고는 낮잠 시간이 지나면 난쟁이에게 다시 한 번 춤을 추게 하라는 명령을 내렸다. 공주는 어린 백작에게 따뜻하게 환영해 줘서 고맙다고 인사하고는 궁전으로 돌아갔다. 경기장에 들어올 때와 똑같은 순서로 아이들이 그 뒤를 따라나갔다.

난쟁이는 공주 앞에서 다시 춤을 춰야 하며 공주가 그 명령을 내렸다는 이야기를 듣고 마음이 뿌듯해졌다. 난쟁이는 너무 기뻐서 정원으로 달려나가 공주가 준 백장미에 입을 맞추며 투박하고 서툰 몸짓으로 뛰어다녔다. 꽃들은 감히 난쟁이 따위가 아름다운 정원에 들어온 게 몹시 못마땅했다. 게다가 난쟁이가 이리저리 뛰어다니며 우스꽝스럽게 팔을 흔드는 모습을 보고 있자니, 꽃들은 점점 더 화가 났다.

"저렇게 못생긴 녀석이 감히 우리 집에서 뛰어놀다니!"

튤립이 소리쳤다.

"양귀비 독으로 천 년 동안 자게 만들어야 해."

자줏빛 백합이 덧붙이자, 꽃들은 더욱 씩씩거리며 화를 냈다.

"생긴 게 공포 그 자체로군! 몸은 땅딸막하고 배배 꼬인데다 머리는 너무 크고 다리는 너무 짧잖아. 보고 있는 것만으로도 온몸이 구석구석 쑤시는 것 같아. 가까이 오면 내 가시로 찔러 버릴 테야."

선인장이 소리쳤다.

"저 괴물이 내 꽃을 가지고 있어. 오늘 아침에 공주님께 드린 건데. 저 녀석이 훔친 게 분명해!"

백장미가 목청껏 소리질렀다.

"도둑이야! 도둑이야!"

잘난 척도 할 줄 모르고 못생긴 친척도 많은 빨간 제라늄조차 난쟁이를 보자마자 혐오스럽다며 줄기를 말아 올렸다.

제비꽃들은 속닥거리며 의논했다. 엄청나게 못생기게 태어난 것은 어쩔 수 없고 그게 큰 결점이라는 것도 어쩔 수 없는 사실이며, 제비꽃도 그리 예쁘진 않지만 그렇다고 못생긴 것을 좋아할 필요는 없다는 것이었다. 어떤 제비꽃은 난쟁이가 못생긴 외모를 보란 듯 드러내고 다니는 게 문제라며, 만약 그가 바보같이 기뻐 날뛰는 대신 슬퍼 보이거나 생각에 잠긴 척이라도 했다면 조금은 봐 줄 수 있을 것이라고 했다.

프랑스의 샤를 5세에게 시간을 말해 준 적이 있는 고귀한 성품의 오래 된 해시계는 난쟁이의 생김새에 너무 놀란 나머지 기다란 손가락 그림자로 시간을 가리키는 것을 2분이나 까먹고 말았다. 해시계는 우윳빛 공작에게 왕의 아이는 곧 왕이며 숯쟁이의 아이는 곧 숯쟁이라는 것을 모르는 사람은 없고, 그건 속일 수도 없는 일이라고 말했다.

"그렇지, 그건 틀림없는 사실이야!"

공작은 큰 소리로 맞장구를 쳤다.

공작의 쉰 목소리가 어찌나 요란했던지, 물을 내뿜는 시원한 분수에 살던 금붕어가 물 밖으로 머리를 내밀고 거대한 인어 조각상에게 왜 이렇게 소란스럽냐고 물어 보았다.

하지만 새들은 난쟁이를 좋아했다. 새들은 난쟁이가 숲 속에서 요정처럼 빙글빙글 돌며 나뭇잎으로 소용돌이를 만들거나 늙은 떡갈나무 구멍에 웅크리고 앉아 다람쥐들과 땅콩을 나눠 먹는 모습을 자주 보았기 때문이다. 새들은 그가 못생겼다는 것에 조금도 신경 쓰지 않았다. 밀감 밭의 나이팅게일만 봐도 그렇다. 달도 귀를 기울일 정도로 달콤한 노래를 부르지만 모양새는 그다지 볼품이 없다. 또 난쟁이는 새들에게 무척 친절했다. 혹독한 겨울이 찾아와 나무에는 열매가 열리지 않고 땅은 강철처럼 단단하게 얼어붙어 늑대들이 먹이를 찾아 마을까지 내려올 때도 난쟁이는 새들을 잊은 적이 없었다. 식빵 부스러기라도 나눠 주고 아무리 초라한 끼니라도 나눠 먹었다.

새들은 난쟁이의 곁을 날아다니며 날개로 그의 볼을 어루만졌다. 난쟁이는 기분이 몹시 좋아서 새들에게 백장미를 보여주며 공주가 자신을 사랑해서 장미를 주었다고 이야기했다. 새들은 그가 하는 말을 한 마디도 알아듣지 못했다. 하지만 고개를 한쪽으로 갸우뚱하며 시치미를 떼면 그만이었다. 다 알아들었다는 듯이 말이다. 그건 아주 쉬운 일이었다.

도마뱀들도 난쟁이를 매우 좋아했다. 난쟁이가 이리저리 뛰어다니다 지친 나머지 잔디밭에 드러눕자, 도마뱀들은 그의 몸을 넘어 다니며 장난을 쳤다.

"모두가 도마뱀처럼 아름다울 수는 없지. 그건 좀 지나친 기대잖아. 그리고 이상하게 들릴지도 모르겠지만 그는 못생기지 않았어. 눈을 감고 본다면 말이야."

도마뱀들이 말했다.

도마뱀들은 원래 철학적이라서 달리 할 일이 없거나 외출이 어려운 궂은 날이면 함께 모여 몇 시간씩 생각하기를 즐겼다.

꽃들은 그들의 태도, 특히 새들의 태도에 단단히 화가 났다.

"쉴새없이 뛰어다니고 날아다니는 것 좀 봐! 너무 천박해. 훌륭한 가문에서 자랐다면 우리처럼 점잖게 한 곳에만 머무는 법이지. 우리가 폴짝폴짝 뛰거나 잠자리를 좇아서 온 잔디를 미친 듯이 누비고 다니는 것을 본 사람은 아무도 없을걸. 분위기를 좀 바꾸고 싶으면 정원사를 시켜서 자리를 옮기면 되지. 이래야 품위 있는 게 아니겠어? 새와 도마뱀들은 여유롭게 쉬는 법을 모를 뿐더러, 특히 새에게는 정해진 주소도 없잖아. 집시 같은 방랑자야. 그러니 무시당하는 게 당연해."

꽃들은 하늘 높이 콧대를 세우고 거만을 떨었다.

잠시 뒤 난쟁이가 잔디에서 몸을 일으켜 정원을 가로질러 궁전으로 가자, 그제야 꽃들도 기분이 좋아졌다.

"저 녀석은 앞으로 방에 틀어박혀 밖에 나오지 말아야 해. 저 굽은 등과 휜 다리를 좀 보라지."

꽃들은 낄낄대고 웃었다.

하지만 난쟁이는 아무것도 알지 못했다. 그는 새와 도마뱀을 아주 좋아했고, 특히 꽃들을 세상에서 가장 아름답다고 생각했다. 물론 공주가 꽃보다 훨씬 아름답다. 공주는 그에게 아름다운 백장미를 주었고 또 그를 사랑하고 있으니, 꽃과 비교할 수도 없다.

난쟁이는 공주와 함께 집으로 돌아가고 싶었다. 공주는 그의 손을 잡고 웃어 주겠지. 그러면 공주 곁에 영원히 머물며 친구가 되어 주고 여러 가지 재미난 놀이도 가르쳐 줘야지.

난쟁이는 노래하는 베짱이에게 풀로 집을 만들어 줄 수도 있고, 대나무를 길게 잘라 파우누스가 좋아할 만한 피리를 만들 수도 있었다. 새 소리도 모두 구별할 줄 알고, 나무 꼭대기에 있는 찌르레기나 호수에 있는 왜가리를 부를 줄도 알았다. 또 어떤 동물이 어떤 흔적을 남기는지도 잘 알고 있어서 발자국을 보고 산토끼의 뒤를 쫓을 수도 있고, 뭉개진 나뭇잎을 보고 수퇘지를 따라갈 수도 있었다. 그는 바람의 춤도 알고 있었다. 붉은 옷을 입고 힘 있게 추는 가을의 춤, 파란 샌들을 신고 곡식을 사뿐사뿐 밟으며 추는 여름의 춤, 하얀 화관을 쓰고 추는 겨울의 춤, 꽃을 가득 신고 과수원에 불어오는 봄의 춤을 모두 알고 있었다. 그는 산비둘기들이 어디에 둥지를 트는지도 알고 있었다. 사냥꾼이 어미비둘기를 잡아 가면 새끼비둘기들을 데려다 따뜻하게 보살피고 느릅나무 가지에 새집을 걸어 주었다. 새끼비둘기들은 아침마다 먹이를 주는 난쟁이를 어미처럼 따랐다. 키가 큰 고사리 사이를 깡충깡충 뛰어다니는 토끼, 짙은 잿빛 몸에 까만 부리를 가진 어치, 몸을 동그랗게 말고 가시투성이 공이 되어 버리는 고슴도치, 머리를 천천히 흔들며 느릿느릿 기어 다니는 커다랗고 지혜로운 거북도 그를 좋아했다. 공주도 그 동물들을 좋아할 것이다.

그렇다! 공주는 분명히 그와 함께 숲으로 갈 것이다. 그러면 공주에게 작은 침대를 내 주고 새벽이 될 때까지 문 밖에 서서 지켜 줘야지. 야생 들소가 큰 뿔로 공주를 해치지 못하게, 굶주린 늑대가 가까이 오지 못하게 해야지. 새벽녘이 되면 덧문을 가볍게 두드려 공주를 깨운 다음 하루 종일 함께 춤을 출 거야.

숲 속 생활은 그다지 외롭지 않았다. 어떤 날은 순례자가 하얀 노새를 타고 책을 읽으며 숲을 지나가기도 했고, 어떤 날은 초록빛 벨벳 모자를 쓰고 무두질한 사슴가죽 조끼를 입은 매사냥꾼이 대가리에 두건을 씌운 매를 손목에 얹은 채 지나가기도 했다. 포도를 한창 딸 때는 손과 발을 보랏빛으로 물들인 포도 밟는 일꾼들이 반질반질한 담쟁이 넝쿨 화관을 쓰고 포도주에 흠뻑 취해 지나기도 했다. 밤이 되면 숯쟁이들이 커다란 화로

주변에 둘러앉아 마른 통나무가 까맣게 타들어 가는 것을 지켜 보며 그 재에 밤을 구워 먹었고, 그럴 때는 도둑들도 동굴에서 나와 즐겁게 어울렸다. 또 한 번은 아름다운 행렬이 먼지 날리는 기나긴 길을 따라 톨레도로 가는 것을 본 적도 있다. 하얀 깃발과 금 십자가를 든 수도사들이 맨 앞에서 아름다운 노래를 불렀고, 은빛 갑옷을 입고 총과 창을 든 군인들이 그 뒤를 따랐다. 행렬 한가운데에는 세 남자가 멋진 그림이 그려진 신비스러운 노란 옷을 입고 촛불을 든 채 맨발로 걷고 있었다.

숲 속에는 볼 것도 많았다. 공주가 피곤해하면 부드러운 이끼가 깔린 곳에 데려가거나 두 팔로 공주를 번쩍 안아 줄 수도 있다. 그는 몸집이 작았지만 힘이 아주 셌다. 공주의 드레스는 덜 익은 딸기처럼 생긴 하얀 진주로 장식되어 있지만 그는 빨갛게 잘 익은 산딸기로 더 예쁜 목걸이를 만들어 줄 수도 있다. 공주가 싫증을 느낀다면 또다른 것을 찾아 줄 것이다. 도토리 깍정이, 이슬에 흠뻑 젖은 아네모네, 공주의 금발 머리 위에서 별처럼 반짝거릴 작은 반딧불이도 찾아 줄 것이다.

하지만 공주는 어디 있는 것일까?

난쟁이는 백장미에게 물어 봤지만 아무 대답도 들을 수 없었다. 궁 전체가 잠든 듯 조용했고, 창문에는 두꺼운 커튼이 드리워져 있었다. 그는 들어갈 만한 문이 없는지 주변을 살펴보다가 작은 쪽문 하나가 열려 있는 것을 발견했다. 미끄러지듯이 안으로 들어가 보니 화려한 홀이 나타났다. 난쟁이는 덜컥 겁이 났다. 그 곳은 숲보다 훨씬 화려했다. 온통 황금으로 꾸며 졌는데, 바닥에는 여러 가지 색깔의 커다란 돌들이 기하학적인 방식으로 맞물려 있었다. 하지만 귀여운 공주는 그 곳에 없었다. 멋진 하얀 조각상들만이 벽옥으로 된 받침대 위에서 기묘한 웃음을 띤 채 슬프고 텅 빈 눈으로 내려다보고 있을 뿐이었다. 홀 끝에 왕이 가장 좋아하는 해와 별들을 수놓은 화려하고 까만 벨벳 커튼이 드리워져 있었다. 공주가 그 곳에 있을까?

난쟁이는 살금살금 다가가 커튼을 젖혀 보았다. 공주는 없고 또다른 방이 나타났다. 조금 전에 지나온 홀보다 더 아름다워 보였다. 벽에는 사냥하는 모습을 수놓은 초록빛 아라스 양탄자가 걸려 있었다. 플랑드르의 예술가들이 7년도 넘게 걸려 만든 작품이었다. 그 곳은 한 때 미치광이 왕의 집무실이었다. 사냥에 미친 왕은 뭔가에 사로잡힌 듯 정신 없이 숲을 쏘다녔다. 큰 사냥개들이 수사슴을 덮치고 커다란 말이 뒷발로 일어서면, 왕은 수렵용 나팔을 불며 달아나려는 연약한 사슴을 작은 칼로 찌르곤 했다. 지금은 회의실로 쓰고 있어서 중앙의 탁자에는 스페인의 황금 튤립 문양과 합스부르크가의 인장이 찍힌 장관들의 빨간 서류철이 놓여 있었다.

난쟁이는 신기하면서도 살짝 겁이 났다. 소리 없이 큰 숲을 달리는 그림 속의 남자들을 보자, 숯쟁이들이 말하던 유령일지도 모른다는 생각이 들었다. 그 유령은 콤프라초라고 불리는데 사람을 만나면 사슴으로 만들어 사냥을 한다고 했다. 하지만 난쟁이는 귀여운 공주를 떠올리며 용기를 냈다. 공주를 찾아서 사랑한다고 말해 줘야지. 어쩌면 그 뒤쪽 방에 있을지도 몰라.

난쟁이는 부드러운 무어산 양탄자를 밟으며 또다른 문을 열었다.

여기에도 없다! 공주는 없었다. 방은 완전히 비어 있었다. 그 방은 자주 사용하진 않지만 왕이 외국 대사들을 개인적으로 접견할 때 쓰는 공식 알현실이었다. 몇 년 전 영국의 사절단이 유럽의 가톨릭 군주였던 영국 여왕과 황제의 맏아들과의 결혼을 의논하려고 이 방에 들른 적이 있었다. 벽은 금박을 입힌 코로나 가죽으로 도배되어 있었고, 바둑판처럼 하얗고 까만 천장에는 삼 백 개의 작은 초가 밝혀진 묵직한 황금 샹들리에가 매달려 있었다. 작은 진주를 촘촘히 달아 사자와 카스티야의 탑들을 그려 놓은 금빛 캐노피 아래에는 왕좌가 놓여 있었고, 그 왕좌는 진주와 은실로 정성스레 튤립이 수놓인 천으로 덮여 있었다. 왕좌 아래 계단에는 공주에게 꼭 맞는 의자가 은빛 쿠션과 함께 놓여 있었고, 그 아래 로마 교황 사절이 앉는 의자가 있었다. 그는 공식적인 행사에서 왕과 함께 앉을 수 있는 유일한 사람으로, 그 자리 앞에는 진홍빛 술 장식이 잔뜩 달린 추기경의 모자를 놓을 수 있도록 받침대가 있었다. 그 맞은편 벽에는 사냥 복장을 한 샤를 5세와 매스티프가 실물 크기로 그려진 초상화가 걸려 있었고, 다른 쪽 벽 중앙에는 네덜란드인들이 펠리페 2세에게 경의를 표하고 있는 그림이 걸려 있었다. 창문 사이에는 상아 장식이 붙은 흑단 장식장이 있었는데, 홀바인이 그린 〈죽음의 무도〉에서 따온 형상이 새겨져 있었다. 이것은 유명한 장인의 손으로 직접 새긴 것이었다.

하지만 난쟁이는 이런 작품들에 조금도 관심이 없었다. 그는 캐노피에 달린 진주를 모두 준대도, 왕좌를 준다 해도 백장미와 바꾸지 않을 것이다. 그는 오로지 공주와 함께 숲에 가고 싶은 마음뿐이었다. 화려한 궁전은 침울하고 답답하지만 숲 속은 바람도 산들산들 불고 햇살이 금빛 손가락으로 나뭇잎들을 살며시 어루만지는 곳이다. 꽃들은 궁전 장식처럼 화려하진 않지만 향기만은 그보다 더 달콤하다. 이른 봄 골짜기와 언덕을 보랏빛 물결로 가득 채우는 히아신스와 옹이 진 떡갈나무의 뿌리 둘레에 자라는 노란 앵초, 또 미나리아재비와 파란 꼬리풀과 연한 자줏빛 붓꽃 등이 피어난다. 개암나무에는 잿빛 꽃송이가 달리고 디기탈리스는 꿀벌이 들락거리는 꽃가루 주머니가 무거워 축 늘어진다. 가시가 돋친 밤송이는 마치 별 같고 산사나무는 아름답고 창백한 달을 닮아 있다.

그렇다! 공주를 찾기만 한다면 공주는 그와 함께 숲으로 갈 것이다. 그러면 그는 공주를 위해 하루 종일 춤을 출 것이다.

그의 눈이 기쁨으로 반짝거렸다.

그는 다음 방으로 들어갔다.

그 방은 다른 방보다 더 환하고 더 아름다웠다. 그 방은 은빛 새와 분홍빛 꽃무늬가 섬세하게 수놓아진 루카산 디마스크 천으로 도배되어 있었고, 묵직한 은 가구에 장식된 화려한 꽃과 큐피드는 마치 살아 있는 것 같았다. 커다란 벽난로가 두 개 있었는데, 그 앞에 앵무새와 공작을 수놓은 거대한 휘장이 드리워져 있었다. 마노가 쫙 깔린 바닥은 저 멀리까지 뻗어 있는 것만 같았다. 그런데 이번에는 혼자가 아니었다. 가슴이 두근두근 떨리고 기뻐서 소리를 지를 뻔했다. 난쟁이가 햇빛 아래 서자 그가 따라 나왔다. 분명히 누군가 있었다.

공주님이다!

아니었다. 그것은 한 번도 본 적이 없는 흉측한 괴물이었다. 다른 사람들처럼 생기기는커녕 큰 머리는 축 늘어져 있고 까만 머리카락은 마구 헝클어져 있으며 등도 다리도 굽어 있었다. 난쟁이가 눈살을 찌푸리자 괴물도 똑같이 따라했다. 그가 웃자 괴물도 웃었고, 그가 손으로 허리를 잡자 괴물도 따라했다. 그가 앞으로 내딛자 괴물은 걸음까지 똑같이 흉내내며 가까이 다가왔고, 그가 멈추자 괴물도 멈추었다. 난쟁이는 이 놀이에 재미가 붙어 소리를 지르며 앞으로 달려가 손을 내밀었다. 그의 손에 괴물의 손이 닿았는데 마치 얼음장처럼 차가웠다. 난쟁이가 두려워 손을 엇갈리자 괴물도 재빨리 손을 바꾸었다. 그는 괴물을 밀치려고 했지만 무언가 매끄럽고 단단한 것이 가로막고 있었다. 얼굴을 가까이 들이대자 일그러진 괴물의 얼굴이 보였다. 그는 딴 데를 보며 손으로 머리를 빗었다. 괴물도 따라 했다. 괴물에게 주먹을 들어 보이자 괴물도 맞섰다. 그가 싫다는 표정을 지어 보이자 괴물은 소름끼친다는 표정을 지어 보였다. 그가 뒤로 물러나자 괴물도 물러났다.

도대체 저게 뭘까?

그는 잠시 생각하다가 다시 방을 둘러보았다. 이상하게도 이 투명한 벽 때문에 모든 것이 둘로 보이는 것 같았다. 그렇다! 똑같은 그림이 두 점, 똑같은 소파가 두 개였다. 문 옆에 단잠에 빠진 파우누스에겐 쌍둥이 형제가 있었고, 햇빛 아래 서 있는 은으로 만든 비너스는 똑같이 아름다운 또다른 비너스를 향해 손을 뻗고 있었다.

메아리인가?

언제인가 골짜기에서 크게 소리치자 메아리가 또박또박 똑같이 말한 적이 있었다. 메아리는 목소리를 흉내내는 것처럼 모습도 흉내낼 수 있는 걸까? 메아리가 진짜 세상과 똑같은 가짜 세상을 만들어 낼 수 있는 걸까? 그림자에도 색깔과 생명이 있는 걸까? 아니면 저건 혹시…….

난쟁이는 아름다운 백장미를 꺼내 들고 한 바퀴 돈 다음 입

을 맞추었다. 괴물도 똑같은 장미를 가지고 있었다! 그리고 끔찍한 몸짓으로 장미에 입을 맞추었다.

난쟁이는 진실을 깨닫고 절망에 빠져 비명을 지르며 쓰러졌다. 흉측한 꼽추에다 볼썽사납고 괴상하게 생긴 것은 바로 그였다. 다름 아닌 그 자신이 괴물이었다. 아이들은 그가 좋아서 웃었던 게 아니라 비웃었던 것이다. 귀여운 공주도 그를 사랑해서 웃은 게 아니라 그의 추한 모습을 보고 웃었던 것이다. 왜 사람들은 그를 숲 속에 내버려 두지 않았을까? 그 곳에는 추한 모습을 비춰 주는 것이 없는데. 왜 아버지는 그가 태어났을 때 죽이지 않았고, 왜 그가 창피를 당하도록 사람들에게 팔아 버렸을까?

뜨거운 눈물이 볼을 타고 흘러내렸다. 그는 백장미를 갈기갈기 찢어 버렸다. 괴물도 보기 흉하게 팔다리를 휘저으며 가냘픈 꽃잎을 공중에 흩뿌렸다. 그가 바닥을 기며 눈을 들자 괴물이 고통에 일그러진 표정으로 마주보았다. 그는 손으로 눈을 가리고 아픈 사람처럼 신음하며 그늘 밑으로 기어들어갔다.

그 때 공주가 아이들과 함께 방으로 들어왔다. 못생긴 난쟁이가 땅바닥에 엎드려 주먹을 꽉 쥐고 바닥을 내리치는 모습은 기이한 구경거리였다. 공주 일행은 난쟁이를 보고 소리지르며 웃음을 터뜨렸다. 그러고는 둥그렇게 둘러서서 그를 내려다보았다.

"춤도 재미있었지만 연기는 훨씬 더 재밌는걸. 꼭두각시만 큼이나 잘하는군. 그만큼 자연스럽지는 않지만."

공주는 커다란 부채를 부치며 박수를 쳤다. 하지만 난쟁이 는 고개를 들지 않았다. 흐느끼는 소리가 점점 약해지더니, 갑 자기 난쟁이가 심하게 헐떡이며 옆구리를 움켜쥐었다. 그러고 는 다시 움직이지 않았다.

"오, 잘하는걸."

잠시 뒤 공주가 말했다.

"이제 나를 위해 춤을 춰라."

"그래, 일어나서 춤춰 봐. 넌 꼬리 없는 원숭이처럼 영리하 고 그보다 훨씬 우스꽝스럽잖아."

아이들이 소리쳤다.

하지만 난쟁이는 꿈쩍도 하지 않았다. 공주가 발을 구르며 삼촌을 불렀다. 그는 시종관과 정원을 거닐며 얼마 전 종교 재 판소가 생긴 멕시코에서 온 편지를 읽고 있었다.

"내 우스꽝스러운 난쟁이가 골이 났나 봐요. 난쟁이더러 날 위해 춤을 추라고 말해 주세요."

공주가 소리치자, 돈 페드로와 시종관이 마주보고 웃었다.

"춤을 춰, 이 작은 괴물아. 춤을 추라니까. 스페인 왕국의 공주님을 즐겁게 해 드리란 말이다."

돈 페드로가 들어와 몸을 굽히고 수놓은 장갑으로 난쟁이의 뺨을 찰싹 때렸다.

하지만 난쟁이는 여전히 움직이지 않았다.

"채찍으로 맞아야 정신을 차리겠군."

돈 페드로는 귀찮다는 듯 정원으로 나갔다.

시종관은 심각한 표정으로 난쟁이 옆에 무릎을 꿇고 앉아 가슴에 손을 대 보았다.

"아름다운 공주님, 이 난쟁이는 다시는 춤을 출 수 없답니다. 임금님을 다시 웃게 만들 수 있을 만큼 우스꽝스러웠는데, 안타깝군요."

시종관이 일어나 공주에게 허리를 깊이 숙이며 말했다.

"왜 다시 춤을 출 수 없다는 거죠?"

공주가 웃으며 물었다.

"심장이 멈추었기 때문이지요."

시종관이 대답했다.

공주는 눈썹을 살짝 찡그렸다. 그러고는 귀엽게 거드름을 피우며 장미처럼 빨갛고 가냘픈 입술을 삐죽거렸다.

"앞으로 나와 놀아 주는 사람에겐 심장 같은 건 없으면 좋겠어요."

공주는 다시 정원으로 놀러 나갔다.

어부와 영혼

젊은 어부는 매일 저녁마다 바다로 나가 그물을 던졌다. 바람이 육지 쪽에서 불어올 때는 한 마리도 잡지 못하거나 기껏해야 몇 마리밖에 잡을 수 없었다. 시꺼먼 먼지바람이 세차게 불어 닥쳐 거친 파도를 일으켰기 때문이다. 하지만 바람이 바다 쪽에서 불어올 때는 물고기가 깊은 바닷속에서 올라와 저절로 그물 안으로 헤엄쳐 들어왔다. 그러면 젊은 어부는 잡은 고기를 시장에 내다 팔았다.

어느 날, 그물이 여느 때와 달리 끌어올리기 힘들 정도로 몹시 무거웠다.

"물고기란 물고기는 모두 걸려든 모양이군. 놀랄 만큼 괴상한 괴물이 멍청하게 걸렸거나 위대한 여왕이 갖고 싶을 만큼

희귀한 게 걸렸을지도 모르지."

젊은 어부는 혼잣말을 하며 웃었다.

그러고는 몸을 앞으로 기울여 팔에 청동 항아리 무늬 같은 시퍼런 힘줄이 툭툭 튀어나올 때까지 거친 밧줄을 힘껏 잡아당겼다. 동그랗고 평평한 그물 테두리가 점점 가까워지더니 마침내 그물이 물 위로 솟아올랐다.

하지만 그물에는 물고기도 괴물도 희귀한 것도 없었다. 대신 단잠에 빠진 아리따운 인어 아가씨가 있었다.

인어의 머리카락은 젖은 금빛 양털 같기도 하고 잔에 담긴 황금 실타래 같기도 했다. 몸은 상아처럼 하얗고, 은과 진주로 만든 것 같은 꼬리에는 초록빛 해초가 둘둘 감겨 있었다. 귀는 조가비 같았고 입술은 산호처럼 붉었다. 가슴에는 파도가 부딪혀 하얗게 부서졌고 눈꺼풀 위에는 소금이 반짝거렸다.

젊은 어부는 눈부시게 아름다운 인어에게 마음을 사로잡혔다. 그는 그물을 가까이 끌어올린 다음 난간에 기대어 인어를 안았다. 그러자 인어가 깜짝 놀라 갈매기처럼 비명을 지르며 깨어났다. 겁에 질린 인어는 자수정처럼 맑은 눈으로 그를 바라보았다. 인어는 달아나려고 몸을 버둥거렸지만 젊은 어부가 꼭 붙들고 놔 주지 않았다. 그러자 인어가 울기 시작했다.

"제발 나를 놓아 주세요. 나는 바다 왕의 외동딸이랍니다. 우리 아버지는 늙고 외로운 분이세요."

인어가 애원했다.

"나와 약속을 하면 당신을 놓아 줄게요. 내가 부를 때마다 바다 위로 올라와 노래를 불러 줘요. 물고기들은 바다 사람의 노래를 좋아하니까 고기를 많이 잡을 수 있을 거예요."

젊은 어부가 말했다.

"그럼 정말 나를 놓아 주는 거죠?"

인어가 물었다.

"네, 정말이에요."

젊은 어부가 약속했다.

인어는 젊은 어부에게 바다 사람의 이름을 걸고 약속했다. 젊은 어부는 팔을 풀었고 인어는 묘한 두려움에 몸을 떨며 바닷속으로 사라졌다.

젊은 어부는 매일 저녁마다 바다로 나가 인어를 불렀다. 그러면 인어가 물 밖으로 고개를 내밀고 노래를 불러 주었다. 그때마다 돌고래들이 인어 가까이 모여들고 갈매기들이 찾아와 그 위를 날아다녔다.

인어의 노래는 무척 아름다웠다.

인어는 깊은 바다 밑 이 동굴에서 저 동굴로 물고기 떼를 몰고 다니는 바다 사람들을 노래했다. 인어의 노래를 듣고 있으면 눈앞에 바닷속이 그려졌다.

인어는 초록빛 수염을 길게 기르고 가슴에 털이 난 트리톤(*

그리스 신화에 나오는 신으로, 상반신은 사람이고 하반신은 물고기이다.)들이 왕이 지날 때마다 소용돌이 모양의 뿔피리를 불고, 왕은 투명한 에메랄드 지붕과 반짝이는 진주 길과 호박 벽으로 된 아름다운 궁전에 산다고 노래했다. 바다 정원에서는 커다란 부채 같은 산호가 하루 종일 흔들거리고, 물고기들이 은빛 새처럼 날아다니며, 말미잘은 바위에 붙어 있고, 분홍빛 바다 꽃이 금빛 모래밭에 피어난다고 노래했다. 북해에서 온 커다란 고래는 지느러미에 날카롭고 긴 고드름을 달고 있고, 세이렌(*그리스 신화에 나오는 괴물로 상반신은 여자이고 하반신은 새이다.)의 노래는 너무나 아름다워서 뱃사람들을 바닷속으로 뛰어들게 만들기 때문에 밀랍으로 귀를 꼭 막아야 한다고 노래하기도 했다. 인어는 커다란 돛대를 달고 바다에 가라앉은 배와 장비에 매달린 채 얼어붙은 뱃사람들과 그 배의 창문을 드나드는 고등어들을 노래했고, 배의 밑바닥에 찰싹 달라붙어서 전세계를 여행하는 타고난 나그네 따개비들과 바다 절벽에 붙어 살며 긴 팔을 쭉쭉 뻗으며 까만 먹물을 뿜어 밤이 오게 하는 거대한 오징어도 노래했다. 그리고 오팔로 된 배를 타고 비단 같은 촉수를 뻗으며 홀로 항해하는 앵무조개, 하프를 연주해 거대한 크라켄(*유럽 전설에 나오는 북극 바다 괴물)을 잠들게 하는 남자 인어들, 매끄러운 돌고래 등에 올라타고 웃음을 터뜨리며 노는 아이들, 하얗게 부서지는 파도 속에서 뱃사람들에게 손을 내미는 인어들, 이빨이 꼬부라진 강치, 갈기를 하늘거리는 해마도 잊지 않고 노래했다.

인어가 노래하면 깊은 바다 밑에서 다랑어들이 올라왔다. 그러면 젊은 어부는 그물을 끌어올리거나 작살을 던지기만 했다. 배가 고기로 가득 차면 인어는 젊은 어부에게 웃어 보이고 다시 바닷속으로 돌아갔다.

하지만 인어는 젊은 어부에게 가까이 다가오지 않았다. 젊은 어부가 아무리 애원해도 소용 없었다. 어부가 인어를 잡으려고 하면 인어는 물개처럼 바닷속으로 뛰어들어 그 날은 다시 올라오지 않았다.

날이 갈수록 젊은 어부의 귀에는 인어의 노래가 더욱더 달콤하게 들렸다.

젊은 어부는 인어의 목소리가 너무나 감미로워서 그물도, 물고기도 다 잊어버렸다. 심지어 배마저 돌보지 않게 되었다. 주홍빛 지느러미에 금빛 눈을 한 다랑어들이 몰려들어도 젊은 어부는 잡을 생각을 하지 않았다. 작살은 쓰지 않은 채 옆에 버려져 있었고 고리버들로 엮은 바구니도 텅 비어 있었다. 젊은 어부는 바짝 마른 입술과 멍한 눈으로 뱃전에 앉아 하루 종일 노래만 들었다. 바다 안개가 피어오르고 방랑하는 달이 그의 갈색 피부를 은빛으로 물들일 때까지 젊은 어부는 하염없이 노래만 듣고 있었다.

"아리따운 인어여, 아리따운 인어여, 나는 당신을 사랑합니다. 나와 결혼해 주세요. 난 당신을 정말 사랑해요."

어느 날 저녁, 젊은 어부가 인어에게 고백했다.

"안 돼요. 당신은 인간의 영혼을 가졌잖아요. 당신이 영혼을 멀리 보내 버려야 나도 당신을 사랑할 수 있어요."

인어는 고개를 저었다.

"내게 영혼이 왜 필요하지? 도무지 모르겠어. 영혼은 만질 수도 없고 보이지도 않는걸. 영혼을 멀리 보내 버려야겠어. 그러면 난 정말 행복해질 거야."

젊은 어부가 중얼거렸다.

그러고는 기쁨에 겨워 크게 소리를 질렀다.

"내 영혼을 멀리 보낼 테니, 나와 결혼해 주세요. 깊은 바닷속에 들어가 우리 함께 살아요. 당신이 노래한 것들을 모두 보고 싶어요. 당신이 원하는 거라면 난 뭐든지 할 거예요. 우리 영원히 함께해요."

젊은 어부가 벌떡 일어나 인어에게 손을 내밀며 외쳤다.

아리따운 인어는 손으로 입을 가리고 웃으며 무척 기뻐했다.

"어떻게 해야 내 영혼을 떠나 보낼 수 있죠? 가르쳐 주세요. 그럼 그대로 따를게요."

젊은 어부가 외쳤다.

"그건 나도 몰라요. 바다 사람은 영혼이 없거든요."

아리따운 인어는 고민에 빠진 듯 젊은 어부를 바라보다가 깊은 바닷속으로 들어가 버렸다.

다음 날 아침, 젊은 어부는 해가 언덕 위로 한 뼘도 채 떠오르기 전에 성당으로 가 신부를 찾았다. 수사가 쪽문으로 누가 왔는지 확인했다.

"들어오세요."

수사가 빗장을 열며 젊은 어부에게 말했다.

안으로 들어간 젊은 어부는 향기로운 골풀 위에 무릎을 꿇고 성경을 읽고 있는 신부에게 다가갔다.

"신부님, 저는 인어와 사랑에 빠졌습니다. 그런데 제 영혼이 사랑을 이루는 데 방해가 돼요. 어떻게 하면 영혼을 떠나 보낼 수 있는지 말씀해 주세요. 전 영혼이 필요 없어요. 영혼이 제게 무슨 소용이 있나요? 영혼은 만질 수도 없고 볼 수도 없는걸요."

"이런, 이런, 자네 제정신이 아니군. 아니면 독초를 먹었든지. 영혼은 사람에게 가장 고귀한 것이며 하느님께서 주신 선물이라네. 영혼을 소중하게 여겨야지. 그보다 더 값진 것은 없어. 이 세상의 그 무엇과도 비교할 수 없지. 영혼은 모든 황금을 다 끌어모은 것보다 값지고 왕의 루비보다도 귀하거든. 그러니 더 이상 그런 생각은 하지 말게나. 그건 용서받을 수 없는 죄악이니까. 바다 사람들은 길 잃은 자들이니, 그들과 어울리면 자네 또한 길을 잃게 될 걸세. 그들은 들판에 뛰노는 짐승과 다를 바 없어. 선악을 구분할 줄도 모르지. 그들에겐 하느님이 없다네."

신부가 젊은 어부의 가슴을 툭 치며 말했다.

젊은 어부는 가혹한 대답에 눈물을 글썽거렸다.

"신부님, 파우누스는 숲 속에서 기쁘게 뛰놀고 남자 인어들은 암초 위에 앉아 금과 구리를 녹여 만든 빨간 하프를 켭니다. 그들은 꽃처럼 아름답게 살고 있어요. 저도 그렇게 살고 싶어요. 제발 부탁드려요. 사랑보다 더 중요한 게 있나요?"

젊은 어부가 일어서며 신부에게 말했다.

"육체의 사랑은 타락한 것이야. 하느님은 이 세상에 타락과 죄악이 떠도는 것을 허락하시긴 했지만, 그건 악마의 것이네. 숲 속의 파우누스는 저주받았고 노래하는 바다의 인어도 마찬가지야! 나도 한밤중에 인어들의 노래를 들은 적이 있지. 묵주를 들고 기도하는 나를 꾀어 내려 하더군. 인어들이 웃으며 창문을 두드리고 내 귀에 대고 신나는 모험 이야기를 속삭였지. 하지만 내가 유혹에 굴하지 않고 계속 기도만 하자 입을 삐죽이다가 돌아갔다네. 내 말을 듣게. 그들은 갈 곳 없이 길을 잃은 자들이야. 그들에게는 천국도 지옥도 없어. 하느님의 이름을 찬양할 줄도 모르고 말이야."

신부가 소리쳤다.

"신부님, 제 말씀을 이해하지 못하시는군요. 제 그물에 바다 왕의 딸이 걸려들었습니다. 인어는 샛별보다 환하고 달보다도 하얗지요. 인어와 사랑하기 위해서 저는 영혼을 버리고 천국을 포기해야 해요. 그러니 제가 묻는 것에 대답해 주세요. 저는 편히 쉬고 싶어요."

젊은 어부가 울부짖었다.

"물러가게! 썩 물러가! 길을 잃어버린 자를 사랑하다니, 너도 곧 길을 잃게 될 거야."

신부는 소리를 버럭 지르고는 어부를 축복해 주지도 않은 채 문 밖으로 내쫓았다.

슬픔에 잠긴 젊은 어부는 고개를 푹 숙인 채 천천히 시장으로 발걸음을 옮겼다. 상인들은 젊은 어부를 보고 자기들끼리 속닥거렸다. 그 중 한 명이 어부에게 다가왔다.

"무엇을 팔려고 그러나?"

"당신에게 내 영혼을 팔겠어요. 제발 내 영혼을 사세요. 난 이제 영혼이 지긋지긋해요. 도대체 내게 영혼이 무슨 소용이 있나요? 난 모르겠어요. 만질 수도 없고 볼 수도 없는걸요."

젊은 어부가 대답했다.

"사람의 영혼이 우리에게 무슨 소용이 있겠나? 작은 은 쪼가리만큼도 못 한걸. 차라리 자네 몸을 팔게. 자줏빛 옷을 입고 손가락에 반지를 끼면 위대한 여왕님의 신하로도 어울릴 걸세. 하지만 영혼이라면 입도 뻥끗 말게나. 그건 우리한테 아무 의미도 없거든. 쓸 데도 없고."

상인들이 그를 비웃으며 말했다.

"참 이상하네! 신부님은 영혼이 모든 황금을 다 끌어모은 것보다 값지다고 하셨는데, 상인들은 조그만 은 쪼가리만큼도 못하다고 하네."

젊은 어부는 중얼거렸다.

그러고는 저잣거리를 지나 바닷가로 갔다.

어부는 어떻게 해야 할지 곰곰이 생각해 보았다. 정오쯤 되어 젊은 어부는 약초 캐는 친구가 들려 준 이야기가 생각났다. 바닷가 동굴 속에 젊은 마녀가 살고 있는데 요술을 아주 잘 부린다는 것이었다.

젊은 어부는 영혼을 얼른 없애 버리고 싶은 마음에 벌떡 일어나 달리기 시작했다. 너무 빨리 달려서 어부 뒤로 조그만 먼지바람이 일어났다. 마녀는 손바닥이 간질간질하자 누군가 자신을 찾아오고 있다는 것을 알아차렸다. 마녀는 입가에 웃음을 머금고 빨간 머리카락을 길게 늘어뜨렸다. 그러고는 동굴 입구로 나가 헴록(*독이 있어 사약으로 쓰는 풀) 가지를 손에 들고 서 있었다.

젊은 어부가 숨을 몰아쉬며 비탈을 올라와 숨도 고르지 않고 마녀 앞에 무릎을 꿇었다.

"원하는 게 뭔가요? 원하는 게 뭔가요? 바람이 거세게 부는 날에도 그물에 물고기가 가득 잡히기를 원하나요? 내게 갈대 피리가 하나 있는데, 그걸 불면 숭어가 만으로 헤엄쳐 올 거예요. 하지만 거기에는 대가가 있죠, 귀여운 젊은이. 대가가 있어요. 원하는 게 뭔가요? 원하는 게 뭔가요? 폭풍우에 배들이 난 파되고 값비싼 보석이 든 금고가 바닷가로 밀려오기를 바라나요? 내가 모시는 신은 바람보다 강해서 거센 폭풍을 언제든지 부를 수 있답니다. 체와 들통만 있으면 거대한 함선들도 바다 밑으로 가라앉힐 수 있죠. 하지만 거기에는 대가가 따르기 마련이에요, 귀여운 젊은이. 대가가 있죠. 원하는 게 뭔가요? 원하는 게 뭔가요? 난 골짜기에 핀 꽃 한 송이를 알고 있어요. 아무도 모르고 나만 아는 꽃이지요. 그 꽃은 자줏빛 꽃잎 한가운데 별이 있고, 그 즙은 우유처럼 하얗지요. 그걸 가져다 굳게 닫힌 입술을 건드리면 여왕님이라도 당신을 따라 세상 어디든 갈 거예요. 왕의 침대를 버리고 당신을 따라 온 세상을 누빌 거예요. 물론 거기에는 대가가 있죠, 귀여운 젊은이. 대가가 있어요. 원하는 게 뭔가요? 원하는 게 뭔가요? 난 두꺼비를 찧고 죽은 자의 손으로 저어서 수프를 끓여요. 잠든 원수에게 이 수프를 뿌리면 까만 독사로 변하지요. 그러면 다음 날 아침, 그의 어머니가 그를 죽일 거예요. 나는 하늘에 떠 있는 달을 끌어내릴 수도 있고 수정 구슬로 당신의 죽음을 미리 보여 줄 수도 있어요. 원하는 게 뭔가요? 원하는 게 뭔가요? 원하는 걸 내게 말해 봐요. 내가 당신에게 줄게요. 물론 대가를 치러야 해요, 귀여운 젊은이. 대가를 치러야 해요."

마녀가 말했다.

"내가 원하는 건 대단한 게 아니에요. 하지만 신부님은 화를 내며 나를 내쫓았어요. 아주 사소한 건데 말이에요. 상인들은 나를 비웃으며 거절했지요. 그래서 여기로 온 거예요. 사람들이 당신을 마녀라고 불러도, 내가 어떤 대가를 치러야 한대도 상관 없어요."

젊은 어부가 말했다.

"원하는 게 뭔데요?"

마녀가 가까이 다가서며 물었다.

"내 영혼을 멀리 떠나 보내고 싶어요."

젊은 어부가 대답했다.

마녀는 얼굴이 창백해지더니 몸을 부들부들 떨었다. 그러고는 푸른 망토 자락에 얼굴을 파묻었다.

"귀여운 젊은이, 귀여운 젊은이, 그건 정말 어려운 일이랍니다."

마녀가 말했다.

"내게 영혼은 아무것도 아니에요. 난 영혼을 만질 수도 볼 수도 없어요. 잘 알지도 못하고요."

젊은 어부가 갈색 고수머리를 쓸어 넘기며 웃었다.

"내가 방법을 말해 주면 내게 뭘 줄 거죠?"

마녀가 아름다운 눈으로 그를 들여다보며 물었다.

"금 다섯 덩이를 줄게요. 그리고 그물도요. 내가 살던 통나무집과 타고 다니던 고기잡이배도 줄게요. 영혼을 없애 버리는 방법만 가르쳐 주면 내가 가진 모든 걸 주겠어요."

젊은 어부가 말했다.

마녀는 하찮다는 듯 비웃으며 헴록 가지로 그를 톡톡 건드렸다.

"난 낙엽을 금으로 바꿀 수 있어요. 창백한 달빛을 금으로 만들 수도 있지요. 내가 섬기는 신은 세상의 어떤 왕보다 가진 게 많아요."

마녀가 대꾸했다.

"금도 아니고 은도 아니라면 당신이 원하는 게 뭔가요?"

젊은 어부가 외쳤다.

"나와 춤을 춰요, 귀여운 젊은이."

마녀는 웃으며 하얗고 가는 손가락으로 그의 머리카락을 어루만졌다.

"그것뿐인가요?"

젊은 어부가 깜짝 놀라며 되물었다.

"그럼, 해가 질 무렵에 만나서 춤을 추도록 해요. 춤을 추고 나서 내가 알고 싶어하는 걸 얘기해 주세요."

젊은 어부가 벌떡 일어서며 말했다.

"보름달이 뜰 때, 보름달이 뜰 때 춤을 추도록 하죠."

마녀가 고개를 저으며 말했다.

그러고 나서 마녀는 주변을 둘러보며 귀를 기울였다. 파랑새가 둥지에서 날아올라 모래언덕 위를 맴돌며 지저귀고, 점박이 새들이 거친 들판을 날으며 지저귀는 소리가 들렸다. 그 외에는 부드러운 자갈에 부딪히는 파도소리 뿐이었다. 마녀가 손을 뻗어 젊은 어부를 가까이 끌어당겼다.

"오늘 밤, 산꼭대기로 올라오세요. 오늘이 안식일이니까, 그가 거기 있을 거예요."

마녀는 바짝 마른 입술을 그의 귀에 대고 속삭였다.

"그가 누구죠?"

젊은 어부가 깜짝 놀라며 묻자, 마녀는 하얀 이를 드러내며 웃었다.

"그건 중요하지 않아요. 오늘 밤, 산꼭대기 자작나무 아래에서 나를 기다리세요. 검은 개가 달려들면 버드나무 가지로 개를 때려요. 그러면 멀리 달아날 거예요. 올빼미가 불러도 절대 대답하면 안 돼요. 보름달이 뜰 때, 우리 함께 춤을 추도록 해요."

마녀가 대답했다.

"정말 내 영혼을 떠나 보내는 방법을 알려 줄 거죠?"

젊은 어부가 물었다.

마녀가 햇빛 아래 서자, 붉은 머리카락이 바람에 휘날렸다.

"염소의 발을 걸고 맹세하지요."

마녀가 대답했다.

"당신은 정말 멋진 마녀예요. 오늘 밤, 당신과 춤을 추겠어요. 난 당신이 금이나 은을 달라고 할 줄 알았어요. 그런데 원하는 게 춤추는 것뿐이라니, 그건 아주 쉬운 일이에요."

젊은 어부는 모자를 벗고 허리를 깊이 숙여 인사했다. 그러고는 신이 나서 마을로 돌아갔다.

마녀는 그가 멀리 사라질 때까지 바라보다가 동굴 속으로 들어갔다. 마녀는 삼나무로 만든 상자에서 거울을 꺼내 틀 위에 세운 다음 불붙인 숯에 마편초를 태웠다. 피어오르는 연기를 뚫어지게 바라보던 마녀가 주먹을 불끈 쥐며 화난 목소리로 중얼거렸다.

"그를 내 것으로 만들고 말겠어. 나도 인어만큼 아름답다고."

그 날 저녁, 젊은 어부는 산꼭대기로 올라가 자작나무 아래에 섰다.

반질반질하게 닦은 방패처럼 둥그런 바다가 발 아래 펼쳐져 있었고 고기잡이배들의 그림자가 작은 만 쪽으로 움직이고 있었다. 지옥 불처럼 노란 눈을 한 커다란 올빼미가 그를 불렀지만 젊은 어부는 마녀가 가르쳐 준 대로 대답하지 않았다. 검은 개가 달려와 으르렁거리자 버드나무 가지로 때렸더니 낑낑거리며 달아나 버렸다.

자정이 되자 마녀들이 어두운 하늘을 박쥐처럼 날아왔다.

"저런! 여기 사람이 있어."

불을 지피던 마녀들이 소리쳤다. 그러고는 코를 킁킁거리고 이리저리 살피며 서로 수군거렸다. 젊은 마녀가 바람에 빨간 머리카락을 날리며 날아왔다. 젊은 마녀는 공작 깃털 무늬가 수놓아진 금빛 드레스와 초록빛 벨벳으로 만든 작은 모자를 쓰고 있었다.

"그는 어디 있니? 그는 어디 있어?"

마녀들은 젊은 마녀를 보자 시끄럽게 떠들어 댔다.

하지만 젊은 마녀는 아무 말 없이 웃으며 자작나무 아래로 달려갔다. 그러고는 젊은 어부를 데리고 나와 달빛 아래에서 춤을 추기 시작했다. 그들은 빙글빙글 돌며 춤을 추었다. 마녀가 너무 높이 뛰어올라 어부는 마녀의 주홍빛 구두밖에 볼 수 없었다. 그 때 어디선가 말발굽 소리가 들렸다. 하지만 말은 보이지 않았다. 젊은 어부는 갑자기 무서워졌다.

"더 빨리."

마녀가 어부의 목에 팔을 감으며 말했다. 마녀가 너무 가까이 다가와, 어부는 마녀가 내뱉는 숨결이 느껴졌다.

"더 빨리, 더 빨리!"

마녀가 외쳤다.

젊은 어부는 발 밑에서 땅이 빙빙 도는 것처럼 어지러웠다. 불안하고 두려운 마음이 들었다. 어디선가 악마가 자신을 지켜보는 것 같았다.

바위 아래에 방금 전까지 없던 누군가가 서 있었다. 스페인풍의 까만 벨벳 양복을 입은 남자였다. 얼굴은 이상할 정도로 창백했고 입술은 도도한 붉은 꽃처럼 새빨갰다. 그는 지루한 표정으로 바위에 기대어 작은 칼을 만지작거리고 있었다. 그 옆에는 깃털 꽂힌 모자와 목이 긴 승마용 장갑이 놓여 있었다. 그 장갑에는 금실로 짠 레이스와 작은 진주들이 신비롭게 장식되어 있었다. 그는 까만 천으로 안감을 댄 짧은 망토를 입고 있었고, 하얗고 섬세한 손에 반지를 여러 개 끼고 있었다. 눈꺼풀이 아주 무거운 듯 눈을 반쯤 감고 있었다.

젊은 어부는 마법에 걸린 것처럼 그를 바라보았다. 갑자기 그가 고개를 들자, 둘은 눈이 마주쳤다. 젊은 어부는 어디서 춤을 추든 그가 자기를 보고 있을 거란 생각이 들었다. 젊은 어부는 깔깔대고 웃는 마녀의 허리를 잡고 빙글빙글 돌렸다.

그 때 숲 속에서 개가 짖었다. 마녀와 젊은 어부는 춤을 멈추고 나란히 무릎을 꿇고 앉아 그 남자의 손에 입을 맞추었다. 그러자 거만해 보이는 그의 입가에 옅은 웃음이 번졌다. 마치 새 한 마리가 물 위를 스치고 지나갈 때 생기는 가느다란 물결 같았다. 그 웃음에는 경멸이 섞여 있었다. 그는 젊은 어부를 뚫어지게 바라보았다.

"이리 와요! 예배를 드려야죠."

마녀가 속삭이며 그를 이끌었다.

왠지 젊은 어부는 마녀가 시키는 대로 하고 싶어졌다. 어부는 가만히 마녀를 따라갔다. 하지만 그 남자에게 가까워지자 젊은 어부는 저도 모르게 가슴에 십자가를 그리며 예수의 이름을 불렀다. 그러자 마녀들이 매처럼 날카로운 비명을 지르며 날아가 버렸고, 남자의 창백한 얼굴이 고통으로 심하게 일그러졌다. 남자는 작은 풀숲으로 들어가 휘파람을 불었고, 그 소리에 마구를 매단 조랑말 한 마리가 달려왔다. 남자는 안장에 올라탄 다음 슬픈 얼굴로 젊은 어부를 돌아보았다. 젊은 마녀도 날아가려고 했지만 어부가 재빨리 마녀의 손목을 낚아챘다.

"나를 놔 줘요. 제발 보내 줘요. 당신은 불러서는 안 될 이름을 부르고 해서는 안 될 행동을 했어요."

마녀가 소리쳤다.

"안 돼요. 비밀을 말해 줄 때까지는 보내 주지 않겠어요."

젊은 어부가 외쳤다.

"무슨 비밀이요?"

마녀가 들고양이처럼 사납게 날뛰며 벗어나려고 몸부림쳤다. 입에 거품을 물고 입술을 물어뜯기까지 했다.

"알고 있잖아요!"

젊은 어부가 대꾸했다. 바다처럼 푸른 어부의 눈이 눈물로 흐려졌다.

"그것만 빼고는 뭐든지 물어 봐요!"

마녀가 말했다.

젊은 어부는 미친 사람처럼 웃으며 마녀를 더욱 세게 껴안았다. 마녀는 그에게서 빠져나갈 수 없다는 것을 깨닫고 속삭였다.

"나도 바다의 딸들만큼 예쁘고 아름다워요."

마녀가 젊은 어부에게 얼굴을 바짝 들이밀었다. 그러자 어부는 얼굴을 찌푸리며 마녀를 밀쳐 냈다.

"약속을 지키지 않으면 거짓말을 한 죄로 죽여 버리겠어요."

젊은 어부가 말했다.

"그럼 마음대로 해요. 그건 당신 영혼이니까. 당신이 원하는 대로 하라고요."

마녀는 유다나무의 꽃처럼 잿빛이 되어 벌벌 떨며 말했다.

그러고는 허리춤에서 손잡이가 초록빛 독사 가죽으로 된 작은 칼을 꺼내 그에게 건넸다.

"이걸로 어떻게 하라는 거죠?"

젊은 어부가 물었다.

마녀는 겁에 질린 표정으로 잠깐 동안 말이 없었다.

"인간이 그림자라고 부르는 것은 사실 몸의 그림자가 아니라 영혼의 몸이에요. 바닷가에서 달을 등지고 서서 발 밑의 그림자를 잘라 내세요. 그게 당신의 영혼이니까. 그리고 영혼에게 당신을 떠나라고 하면 시키는 대로 할 거예요."

마녀는 이마 위로 머리카락을 쓸어 올리며 묘한 웃음을 지었다.

"그게 정말인가요?"

젊은 어부가 떨리는 목소리로 물었다.

"정말이에요. 하지만 말하지 않는 게 좋았을 거예요."

마녀는 울며 젊은 어부의 무릎에 매달렸다.

젊은 어부는 무성한 잔디밭 위로 마녀를 밀쳐 냈다. 그러고는 칼을 허리춤에 꽂고 산을 내려가기 시작했다.

"맙소사! 난 지금까지 당신과 살면서 충실한 하인 노릇을 해 왔어요. 나를 떠나 보내지 말아요. 내가 무슨 잘못을 했나요?"

젊은 어부의 영혼이 그를 불러 세웠다.

"넌 아무런 잘못이 없어. 다만 네가 필요 없을 뿐이야. 세상은 넓어. 천국도 있고 지옥도 있고 그 사이도 있지. 네가 가고 싶은 곳으로 가렴. 대신 나를 괴롭히지는 마. 내 사랑이 나를 부르고 있거든."

젊은 어부가 웃으며 대답했다.

그의 영혼이 간절하게 애원했지만 젊은 어부는 들은 체도 하지 않고 야생 염소처럼 바위 사이를 잽싸게 뛰어내려갔다.

젊은 어부는 산을 내려와 금빛 모래가 깔린 바닷가에 도착했다. 그리스의 동상 같은 구릿빛 피부에 건장하게 생긴 젊은 어부는 벌꿀처럼 노란 달을 등지고 섰다. 파도가 마치 그를 부르는 것처럼 하얀 손짓을 하고 있었다.

"정말 날 쫓아 낼 생각이라면 심장 없이 보내진 말아 주세요. 세상이 얼마나 잔인한데요. 그러니 심장도 함께 보내 주세요."

영혼의 몸인 그림자가 젊은 어부 앞에 누워 말했다.

"너에게 심장을 줘 버리면 난 어떻게 사랑을 하지?"

젊은 어부가 웃었다.

"제발 자비를 베풀어 주세요. 내게 심장을 주세요. 세상은 너무 잔인하고 나는 두려워요."

영혼이 말했다.

"내 심장은 내 사랑의 것이야. 그러니 꾸물거리지 말고 어서 떠나."

젊은 어부가 거절했다.

"그럼 난 사랑도 못 하나요?"

영혼이 물었다.

"가 버려! 나는 네가 필요 없어!"

젊은 어부는 마녀가 준 작은 칼로 발 밑의 그림자를 잘라 냈다.

그림자가 일어나 젊은 어부 앞에 마주하고 섰다. 그림자는 젊은 어부와 꼭 닮은 꼴이었다. 젊은 어부는 갑자기 무서운 생각이 들어 뒷걸음질을 쳤다.

"어서 가. 다시는 내 앞에 나타나지 마."

젊은 어부가 칼을 허리띠 안쪽에 쑤셔 넣으며 말했다.

"우리는 다시 만나게 될 거예요."

영혼이 말했다. 그 목소리는 낮은 플루트 소리 같았는데, 말하는 동안 입술이 거의 움직이지 않았다.

"어떻게 만난다는 거지? 깊은 바닷속까지 따라올 수는 없을 텐데."

젊은 어부가 물었다.

"일 년에 한 번씩 이 곳에 와서 당신을 부르겠어요. 당신은 아마 내가 필요해질 거예요."

영혼이 말했다.

"무엇 때문에 네가 필요하게 될지는 모르겠지만 네 마음대로 해!"

젊은 어부는 바닷속으로 뛰어들었다.

그러자 트리톤들이 뿔피리를 불었고, 젊은 어부를 맞이하러 나온 아리따운 인어가 그의 목에 팔을 두르며 입을 맞추었다. 영혼은 아무도 없는 바닷가에 서서 그들을 지켜 보았다. 끝내 젊은 어부가 바닷속으로 사라지자, 영혼은 슬프게 울며 습지 너머로 떠나갔다.

일 년이 지난 뒤, 영혼은 바닷가에 와서 젊은 어부를 불렀다.

"왜 나를 불렀니?"

젊은 어부가 깊은 바다 밑에서 올라왔다.

"이리 와 봐요. 내가 겪은 신기한 일을 얘기해 줄게요."

젊은 어부는 영혼에게 가까이 다가가 얕은 물가에 누워 한 손으로 머리를 받치고 이야기를 들었다.

영혼이 이야기를 시작했다.

나는 당신을 떠나 동쪽으로 갔어요. 모든 지혜는 동쪽에서 전해져 오니까요.

엿새 동안 여행을 하다가 일곱째 날 아침, 타타르 사람들이 사는 언덕에 도착했지요. 나는 뜨거운 햇볕을 피해 석류나무 그늘에 앉았어요. 땅은 메마르고 뜨거웠지요. 너른 들을 돌아 다니는 사람들이 마치 반질반질 닦아 놓은 구리판 위를 기어다

니는 파리처럼 보였답니다.

정오쯤 되자 지평선 너머에서 붉은 먼지 구름이 피어올랐어요. 그걸 본 타타르 사람들은 작은 말에 올라타 울긋불긋한 활시위를 당기며 쏜살같이 달려갔어요. 여자들은 비명을 지르며 마차 뒤에 숨었지요.

땅거미가 질 무렵 남자들이 돌아왔는데, 다섯 명이 죽고 다친 사람도 많았어요. 그들은 마차에 말을 매더니 서둘러 떠났어요. 자칼 세 마리가 동굴에서 나와 그들을 노려보았지요. 그러고는 코를 킁킁거리더니 그들과 반대쪽으로 잽싸게 뛰어가더군요.

달이 뜨자 나는 모닥불이 솟아오르는 것을 보고 가까이 다가갔어요. 상인들 한 무리가 둘러앉아 있더군요. 그 뒤에는 낙타들이 말뚝에 묶여 있었고, 흑인 노예들이 천막을 치고 가시투성이인 배나무로 높은 울타리를 만들고 있었어요. 내가 다가가자 우두머리가 일어나 칼을 뽑아 들고 누구냐고 물었지요. 나는 왕자인데 타타르 사람들이 나를 노예로 삼으려고 해서 도망쳤다고 꾸며 댔어요. 우두머리가 웃으며 긴 대나무 끝에 매단 사람 머리 다섯 개를 보여 주더군요. 신의 예언자가 누구냐고 묻기에, 나는 '마호메트'라고 대답했어요. 그러자 그는 내게 절을 한 뒤 손을 잡고 옆자리로 데려가 앉혔어요. 흑인 노예가 나무 그릇에 담긴 말젖과 잘 구운 양고기를 주더군요.

날이 밝자 우리는 여행을 계속했어요. 나는 우두머리 옆에서 빨간 낙타를 타고 갔는데 앞에는 창을 나르는 노예들이, 양옆에는 전사들이, 뒤에는 물건을 실은 노새들이 있었지요. 이 대상은 낙타 40마리와 그 갑절이 되는 노새들을 이끌고 있었답니다.

우리는 타타르 사람들이 사는 곳을 벗어나 달을 저주하는 사람들이 사는 곳으로 갔어요. 그리핀(*독수리의 머리와 날개에 사자의 몸통을 지닌 상상의 동물)이 하얀 바위 위에 앉아 금을 지키고 있는 것과 온몸이 비늘로 덮인 용이 동굴 속에서 자고 있는 것을 보았어요. 높은 산을 넘을 때에는 눈사태가 일어나지 않도록 베일로 얼굴을 가리고 숨을 죽였고, 깊은 골짜기를 지날 때에는 나무 구멍에 숨어 있는 피그미족이 쏘아 대는 화살을 피했어요. 밤에는 야만인들의 북소리를 들었지요. 원숭이들이 사는 탑을 지날 때는 그 앞에 과일을 놓아 주었고 뱀들이 사는 탑을 지날 때는 놋쇠 그릇에 따뜻한 우유를 담아 주었지요. 여행을 하는 동안 옥수스 강(*중앙아시아에서 가장 긴 강)을 세 번이나 건넜어요. 가죽으로 만든 돛을 단 나무 뗏목을 타고 강을 건넜는데, 화가 난 하마들이 우리를 공격하면 낙타들은 무서워 벌벌 떨었지요.

각 도시의 왕들은 통행세를 받고도 우리를 들여보내 주지 않았어요. 그래서 그들이 빵과 꿀을 발라 구운 옥수수 케이크와 대추야자를 듬뿍 넣은 밀가루 떡을 바구니에 담아 성벽 너머로 내리면, 우리는 그 바구니에 호박 목걸이를 가득 채워 줘야만 했지요.

어떤 마을 사람들은 우리가 오는 것을 보고는 우물에 독을 타 놓고 언덕 꼭대기로 도망을 갔어요. 우리는 늙은이로 태어나 해를 거듭할수록 젊어지다가 아이가 되면 죽는 마가대족, 자신들을 호랑이의 아들이라 믿어 몸을 노랗고 까맣게 칠하는 락트로이족, 태양신이 자신들을 죽인다고 믿어 어두운 동굴 속에서만 살다가 죽을 때가 되면 나무 꼭대기로 기어오르는 오란트족, 악어를 숭배해 악어에게 푸른 잔디로 만든 귀고리와 버터와 신선한 닭을 바치는 크림니안족, 얼굴이 개처럼 생긴 아가존배족, 다리가 말처럼 생기고 말보다 더 빨리 달리는 시반족과 싸웠어요.

무리의 3분의 1은 싸우다 죽었고 3분의 1은 굶어 죽었지요. 그러자 살아남은 사람들은 내가 불행을 가져왔다고 불평하더군요. 나는 돌 밑에서 뿔이 난 살무사를 집어 들고 나를 물게 했어요. 내가 아무렇지도 않자, 모두 나를 두려워하더군요.

네 번째 달에 우리는 일렐이라는 도시에 닿았어요. 성벽에서 가까운 작은 숲에 도착했을 때는 이미 밤이었지요. 달이 전갈자리를 지날 때라 날씨가 찌는 듯 더웠어요. 우리는 잘 익은 석류를 따서 달콤한 즙을 마셨답니다. 그러고는 양탄자에 누워 새벽이 오기를 기다렸지요.

날이 밝자 우리는 성문을 두드렸어요. 성문은 붉은 청동으로 만들어졌는데, 날개 달린 용이 그려져 있었어요. 문지기들이 성벽 위에서 내려다보고는 무슨 일이냐고 묻더군요. 대상의 통역관이 시리아 섬에서부터 보물을 가득 싣고 왔다고 대답하자, 우리 중 몇 명을 인질로 붙잡아 놓고 정오에 문을 열어 줄 테니 그 때까지 기다리라고 말했어요.

정오가 되어서야 우리는 성으로 들어갈 수 있었어요. 사람들이 우리를 보려고 거리로 벌떼같이 몰려 나왔고, 소식을 전하는 심부름꾼은 온 도시를 향해 나팔을 불었어요. 우리는 시장으로 갔어요. 노예들이 짐을 풀어 무늬 있는 옷가지들을 내놓고 무화과나무로 만든 금고를 열었지요. 준비가 다 되자 상인들은 신기한 세공품들과 밀랍을 입힌 이집트 아마포, 울긋불긋하게 물들인 에티오피아 아마포, 티레의 자줏빛 해면, 시돈의 푸른빛 족자, 차가운 호박으로 만든 컵, 아름다운 유리 그릇, 진흙을 구워 만든 신기한 그릇 들을 늘어놓았어요. 어떤 여자들은 구경하려고 지붕 위에 올라가기도 했답니다. 그 중에는 매끄러운 가죽 복면을 한 여자도 있더군요.

첫째 날에는 사제들이 와서 물물교환을 했고, 둘째 날에는 귀족들이, 셋째 날에는 장인들과 노예들이 찾아왔어요. 이것이 그 도시 사람들이 상인들을 대하는 관습이었지요.

우리는 한 달간 그 곳에 머물렀는데 달이 이지러질 때쯤 되자 슬슬 싫증이 나더군요.

나는 이리저리 돌아다니다가 그들이 섬기는 신의 정원으로 들어갔어요. 노란 옷을 입은 수도승들이 푸른 나무 사이로 조용히 오가고 있었고, 까만 대리석으로 만든 단 위에 장미꽃처럼 붉은 사원이 있었지요. 그 사원 문에는 옻칠이 되어 있고 황소와 공작을 도드라지게 새겨 놓았어요. 지붕은 짙은 초록빛 도자기 기와로 덮여 있었고, 처마 끝에는 작은 종들이 줄줄이 매달려 있었지요. 하얀 비둘기들이 날아가며 종을 건드릴 때마다 딸랑딸랑 소리가 났어요.

사원 앞에는 맑은 물이 고여 있는 웅덩이가 하나 있었는데, 바닥에 줄무늬 마노가 깔려 있었어요. 나는 그 옆에 누워 창백한 손가락으로 넙적한 나뭇잎들을 건드리고 있었지요. 그 때 수도승 하나가 다가와 내 뒤에 서더군요. 그는 한 짝은 부드러운 뱀가죽으로, 다른 한 짝은 새의 깃털로 만든 샌들을 신고 있었어요. 또 초승달 모양의 은장식이 달린 까만 터번을 머리에 두르고, 노란 세로 줄무늬가 일곱 줄 그려진 옷을 입었으며, 푸른빛이 도는 은빛으로 물들인 곱슬머리를 하고 있었지요.

잠시 뒤 그가 내게 바라는 게 뭐냐고 묻더군요. 그래서 신을 보고 싶다고 했어요.

"신께서는 지금 사냥을 하고 계십니다."

수도승은 작고 째진 눈으로 나를 이상하다는 듯이 바라보았어요.

"어느 숲인지 말해 보아라. 나도 함께 사냥을 하겠다."

내가 말했어요.

수도승이 길고 뾰족한 손톱으로 옷 가장자리의 술을 가지런하게 매만지더군요.

"신께서는 지금 주무시고 계십니다."

수도승이 말했어요.

"어디서 주무시는지 말해 보아라. 내가 곁에서 지켜 드리겠다."

내가 말했어요.

"신께서는 지금 만찬을 들고 계십니다."

수도승이 외쳤지요.

"포도주가 향기롭다면 나도 함께 마실 것이고, 쓰다 해도 내가 함께 마실 것이다."

내가 말했지요.

수도승이 놀라며 고개 숙여 절을 했어요. 그러고는 내 손을 잡아 일으키더니 사원으로 데리고 들어갔어요.

첫 번째 방으로 들어가니, 커다란 동양의 진주로 가장자리를 두른 벽옥 보좌에 우상이 앉아 있었어요. 흑단으로 만든 것이었는데 크기가 꼭 사람만 했지요. 이마에는 루비가 박혀 있었고 머리에서 허벅지로 찐득찐득한 기름이 뚝뚝 떨어지고 있었어요. 발은 얼마 전 제물로 바쳐진 아이의 피로 붉게 물들어 있었고, 녹주석 일곱 개가 박힌 구리 허리띠를 두르고 있었어요.

"이것이 신인가?"

나는 수도승에게 물었어요.

"네, 신입니다."

"내게 신을 보여라! 그렇지 않으면 너를 죽이겠다."

내가 소리치며 수도승의 손을 건드리자, 그의 손이 말라 비틀어졌어요.

"주인님, 당신의 종을 고쳐 주시면 신을 보여 드리겠습니다."

수도승이 내게 애원하더군요.

내가 그의 손에 입김을 불자, 손이 다시 온전해졌지요.

수도승은 벌벌 떨며 나를 두 번째 방으로 데리고 갔어요. 한 우상이 커다란 에메랄드 보석들과 함께 연꽃 위에 서 있더군요. 상아로 만든 것이었는데 크기가 사람의 두 배쯤 되었지요. 이마에는 감람석이 박혀 있었고 가슴에는 몰약과 계피가 칠해져 있었으며 한 손에는 벽옥으로 만든 구부러진 홀을 다른 손에는 둥근 크리스털을 들고 있었지요. 또 청동 신발을 신고, 투명한 돌로 된 목걸이를 하고 있었답니다.

"이것이 신인가?"

나는 수도승에게 물었어요.

"네, 신입니다!"

수도승이 큰 소리로 대답했어요.

"내게 신을 보여라! 그렇지 않으면 너를 죽이겠다."

내가 소리치며 수도승의 눈을 건드리자, 그는 곧 볼 수 없게 되었어요.

"주인님, 당신의 종을 고쳐 주시면 신을 보여 드리겠습니다."

수도승이 내게 애원했지요.

내가 그의 눈에 입김을 불자, 그는 다시 볼 수 있었어요.

수도승이 여전히 몸을 벌벌 떨며 나를 세 번째 방으로 데리고 갔어요. 거기에는 우상도 없고 그 비슷한 것도 없더군요. 다만 돌로 만든 제단 위에 둥그런 쇠붙이 거울이 있을 뿐이었어요.

"신은 어디 있느냐?"

나는 수도승에게 물었지요.

"신은 없습니다. 단지 이 거울이 있을 뿐이지요. 이것은 지혜의 거울입니다. 이 거울은 들여다보고 있는 사람의 얼굴만 빼고 하늘과 땅의 모든 것을 비춥니다. 세상에 말하는 거울은 많지만, 지혜의 거울은 이것뿐입니다. 이 거울을 보는 사람은 모든 것을 알게 되므로 그 누구에게도 속지 않고 그 누구보다 지혜로워지지요. 바로 이 거울이 우리가 섬기는 신입니다."

수도승이 대답했어요.

내가 거울을 들여다보니, 그 말이 정말 맞더군요.

나는 이상한 일을 했지만, 신경 쓸 일은 아니에요. 여기에서 하룻길 정도 되는 골짜기에 그 지혜의 거울을 숨겨 놓았어요. 내가 다시 당신에게 들어가 당신의 종이 되게 해 주세요. 그러면 당신은 세상 누구보다 지혜로워질 것이고, 지혜는 바로 당신 것이 될 거예요. 제발 나를 다시 받아 주세요.

젊은 어부는 이 이야기를 다 듣고도 웃기만 했다.

"사랑은 지혜보다 값진 거야. 아리따운 인어는 나를 사랑해."

젊은 어부가 말했다.

"아니에요, 지혜보다 값진 것은 없어요."

영혼이 말했다.

"아니야, 사랑이 더 값지다니까."

젊은 어부는 다시 깊은 바닷속으로 사라져 버렸다. 영혼은 슬프게 울며 습지 너머로 떠나갔다.

젊은 어부가 영혼을 버린 지 이 년째 되던 날, 영혼은 바닷가에 와서 어부를 불렀다. 그러자 어부가 깊은 바다 밑에서 올라왔다.

"왜 나를 불렀니?"

젊은 어부가 물었다.

"이리 와 봐요. 내가 겪은 신기한 일을 얘기해 줄게요."

젊은 어부는 영혼에게 가까이 다가가 얕은 물가에 누워 한 손으로 머리를 받치고 이야기를 들었다.

영혼이 이야기를 시작했다.

나는 당신을 떠나 남쪽으로 갔어요. 모든 재물은 남쪽에서 전해져 오니까요.

엿새 동안 아쉬터로 향하는 길을 따라 여행을 했어요. 순례자들도 꺼려하는 붉은 먼지가 가득한 길이었지요. 일곱째 날 아침, 눈을 떠보니 발 아래 골짜기에 도시가 있었어요.

도시로 들어가는 성문은 아홉 개였는데, 문마다 산에서 베두인족이 내려오면 울부짖는 청동 말이 서 있었어요. 성벽은 구리로 덮여 있고 망루의 지붕도 구리로 되어 있더군요. 각 망루마다 활을 든 궁수가 서 있었어요. 궁수들은 해가 뜨면 활을 쏘아 징을 울리고 해가 지면 뿔피리를 불었답니다.

내가 도시로 들어가려 하자, 문지기들이 나를 막으며 누구냐고 묻더군요. 나는 이슬람교 수도승인데 천사가 은으로 코란을 수놓은 초록빛 장막을 보러 메카로 가는 길이라고 대답했지요. 그러자 그들은 나를 정중하게 맞아 주었어요.

도시는 온통 시장처럼 시끄럽고 떠들썩했지요. 당신도 함께 있었으면 좋았을 거예요. 좁은 길을 따라 종이로 만든 예쁜 등을 걸어 놓았는데 마치 커다란 나비처럼 펄럭거렸어요. 지붕 위로 바람이 불자 그 등들은 알록달록한 거품처럼 오르락내리락하며 잇달아 일어났지요.

상인들은 길에 비단 양탄자를 깔고 앉아 있었는데 까맣고 뻣뻣한 수염을 기르고 반짝이는 금붙이 장식이 달린 터번을 쓰고 있더군요. 그들은 긴 손가락으로 호박과 복숭아씨를 깎아 만든 끈 장식을 만지작거리며 갈바눔과 나드, 인도양의 섬들에서 가져온 신기한 향수들, 진하고 붉은 장미 기름, 몰약과 손톱만큼 작은 정향을 팔았지요. 그리고 사람들이 물건을 보려고 멈춰서면 숯 화로 위에 유향을 조금 뿌려 달콤한 향이 퍼지게 했어요.

갈대처럼 가느다란 지팡이를 쥐고 있는 시리아인도 있었어요. 지팡이에서 가느다란 잿빛 연기가 올라왔는데, 봄에 피는 분홍빛 아몬드 꽃 향기가 났지요. 또 하늘빛 터키석이 박힌 은 팔찌, 작은 진주알이 박힌 놋쇠 발찌, 호랑이 발톱을 올려놓은 금 받침대, 고양이와 표범 발톱을 올려놓은 금 받침대, 에메랄드 귀고리, 비취옥 반지 등을 파는 상인들도 있었어요. 찻집에선 기타 소리가 흘러 나왔고 아편쟁이들이 창백한 얼굴로 길에 앉아 지나가는 사람들을 보며 히죽히죽 웃었어요. 당신도 함께 있었으면 정말 좋았을 거예요.

포도주를 파는 사람들은 어깨에 커다란 가죽 통을 메고 사람들 사이를 누비고 다녔어요. 대부분 꿀처럼 달콤한 쉬라즈 포도주를 팔았는데, 작은 쇠잔에 포도주를 따르고 장미 꽃잎을 띄워 주더군요. 과일 장사들은 온갖 과일을 다 팔았어요. 자줏빛 과육이 뭉그러질 정도로 잘 익은 무화과, 황옥처럼 노랗고 사향 냄새가 나는 멜론, 귤, 장밋빛 사과, 백포도, 빨간 오렌지, 초록빛 레몬을 팔았지요.

코끼리가 지나가는 것도 보았답니다. 코끼리 코는 주홍빛과 누런빛으로 칠해져 있었고 귀에는 진홍빛 비단 끈으로 만든 그물이 걸려 있었어요. 코끼리가 어느 가게 앞에 멈춰 오렌지를 먹기 시작했는데, 주인은 그저 웃기만 하더군요.

그 곳 사람들이 얼마나 이상한지 아마 상상도 못할 거예요.

그들은 기쁠 때는 새 장수에게서 새장에 갇힌 새 한 마리를 산답니다. 그러고는 그 새를 놓아 주며 더 크게 기뻐하지요. 슬플 때는 가시나무로 자기를 때리며 더 크게 슬퍼하고요.

어느 날 밤, 나는 시장 한복판에서 가마를 지고 가는 흑인들을 보았어요. 가마는 금빛으로 칠한 대나무로 만들었는데 주홍빛 옻칠이 된 놋쇠 공작이 달려 있었지요. 가마 창문에는 딱정벌레 날개와 작은 진주알로 수놓은 얇은 이슬람식 커튼이 드리워져 있었는데, 얼굴이 창백한 체르케스 여인이 밖을 내다보다 나를 보고 웃었어요. 내가 그 뒤를 쫓아가자 흑인들은 못마땅한 표정을 지으며 걸음을 재촉했어요. 하지만 나는 신경 쓰지 않았어요. 그 여자가 누군지 몹시 궁금했거든요.

마침내 그들은 네모반듯한 하얀 집 앞에서 멈춰 섰어요. 그 집에는 창문도 없고 마치 무덤으로 들어가는 것 같은 작은 문 하나만 있었지요. 그들은 가마를 내려놓은 뒤 구리로 된 문고리를 잡고 문을 세 번 두드리더군요. 그러자 초록빛 가죽 카프탄을 입은 아르메니아 사람이 문구멍으로 밖을 내다본 다음 문을 열어 주었어요. 그가 바닥에 양탄자를 깔자 여인이 가마에서 그 위로 내려섰어요. 여인은 집으로 들어가다가 뒤를 돌아보고는 나를 보고 또 웃더군요. 나는 지금까지 그렇게 창백한 얼굴을 본 적이 없었어요.

달이 떴을 때 나는 그 집을 다시 찾아갔어요. 똑같은 곳이었지만 그 집은 없었어요. 그제야 나는 그 여인이 누구였는지, 왜 나를 보고 웃었는지 알 수 있었지요. 정말 당신도 함께 있었어야 했어요.

초승달 축제가 열리자 젊은 황제는 기도하러 모스크로 들어갔어요. 황제는 머리카락과 수염을 붉게 물들이고 뺨에는 곱디고운 금가루를 뿌렸어요. 그리고 손바닥과 발바닥에는 사프란을 노랗게 발랐어요.

황제는 해가 뜨면 은으로 만든 옷을 입고 궁에서 나왔다가 해가 지면 금으로 만든 옷을 입고 궁으로 돌아갔어요. 사람들은 땅바닥에 엎드려 얼굴을 가렸지만, 나는 절을 하지 않고 대추야자 가게 옆에 계속 서 있었어요. 황제는 나와 눈이 마주치자 색칠한 눈썹을 치켜뜨며 멈춰 섰어요. 나는 그대로 서 있었지요. 사람들은 내 배짱에 놀라며 어서 도망치라고 했어요. 나는 사람들의 말을 듣지 않고 우상을 파는 장사꾼들에게 갔어요. 그들은 우상을 판다는 이유로 무시를 당하곤 했지요. 하지만 내가 왕에게 절을 하지 않은 이야기를 하자, 그들은 우상을 줄 테니 제발 떠나 달라고 애원을 하더군요.

그 날 밤, 내가 석류 거리의 한 찻집에 누워 있는데 황제의 호위병들이 들이닥치더니 나를 궁으로 끌고 갔어요. 내가 궁에 들어가자 호위병들은 문을 굳게 닫고 자물쇠를 걸더군요. 궁 안에는 아주 큰 정원이 있었는데, 벽은 하얀 석고로 되어 있었고 바닥에는 푸른빛과 초록빛 타일이 깔려 있었지요. 기둥은 초록빛 대리석으로 되어 있었고 복숭앗빛 대리석으로 만든 길이 놓여 있었어요. 나는 그렇게 멋진 곳을 본 적이 없었어요.

안뜰을 지나는데 베일을 쓴 여자 둘이 발코니에서 나를 내려다보며 저주를 퍼부었어요. 호위병들이 걸음을 빨리하자 윤을 낸 바닥에 창끝이 부딪혀 소리가 났어요. 상아로 만든 문으로 들어서자 테라스가 일곱 개 있는 다른 정원이 나타났어요.

그 곳에는 튤립과 나팔꽃, 은빛 백합이 피어 있었어요. 횃불이 타오르는 것처럼 생긴 사이프러스 나무 위에선 나이팅게일이 지저귀고 있었지요.

정원 끝에는 작은 천막이 있었답니다. 내시 둘이 우리를 마중하러 나왔는데, 어찌나 뚱뚱한지 걸을 때마다 몸이 출렁거렸어요. 그들은 누런 눈꺼풀로 덮인 눈을 반쯤 뜨고 나를 이상하다는 듯이 바라보았어요. 내시 하나가 호위대장에게 낮은 목소리로 뭔가 속삭였고, 다른 내시는 거드름을 피우며 자줏빛 에나멜을 칠한 타원형의 상자에서 향긋한 알약을 꺼내더니 우적우적 씹어 먹었어요.

잠시 뒤 호위대장이 부하들을 돌려 보냈어요. 내시들은 뽕나무의 오디를 따먹으며 천천히 그 뒤를 따라갔지요. 그러다가 나이 많은 내시가 뒤를 돌아보며 나를 보고 교활한 웃음을 지었어요. 호위대장은 나더러 천막 입구로 걸어가라고 말했어요. 나는 조금도 겁내지 않고 두꺼운 휘장을 젖히고 천막 안으로 들어갔어요.

젊은 황제가 사자 가죽을 씌운 긴 의자에 앉아 있더군요. 황제의 손목에는 큰 매가 앉아 있었고, 그 뒤에는 놋쇠 터번을 두른 누비아인이 늘어진 귀에 무거운 귀걸이를 달고 웃통을 벗은 채 서 있었지요. 의자 옆 탁자 위에는 강철로 만든 초승달 모양의 큰 칼이 놓여 있었어요.

"너는 누구냐? 내가 이 도시의 황제인 줄 모르느냐?"

황제가 나를 보더니 인상을 찌푸리며 말했어요.

하지만 나는 대답하지 않았어요.

황제가 손끝으로 칼을 가리키자 누비아인은 그것을 집어 들고 내게 달려들어 나를 힘껏 찔렀어요. 나는 칼에 찔렸지만 아무렇지도 않았어요. 오히려 누비아인이 몸을 휘청하더니 바닥에 벌렁 넘어졌지요. 그는 가까스로 몸을 일으키더니 무서워 이를 딱딱 부딪치며 의자 뒤로 숨어 버리더군요.

황제가 일어나 무기 두는 곳에서 창을 꺼내 내게 던졌어요. 나는 날아오는 창을 잡아 반으로 부러뜨려 버렸지요. 황제가 활을 쏘았지만 나는 날아오는 화살도 잡았어요. 그러자 황제는 하얀 가죽 허리띠에서 작은 칼을 꺼내 누비아인의 목을 찌르더군요. 불명예스러운 일이 소문나지 않도록 하려고요. 누비아인은 짓밟힌 뱀처럼 몸부림을 치며 빨간 거품을 흘렸어요. 그가 죽자, 황제는 내게로 돌아서더군요.

"당신은 해칠 수 없는 선지자요? 아니면 해칠 수 없는 선지자의 아들이요? 오늘 밤에 당장 이 도시를 떠나 주시오. 당신이 있는 한 나는 더 이상 이 성의 주인이 될 수 없으니까."

황제가 자줏빛 비단 수건으로 이마에 흐른 땀을 닦으며 말했어요.

"네가 가진 보물의 절반을 내 놔라. 그럼 떠나겠다."

황제는 내 손을 잡고 정원으로 나갔어요.

호위대장은 나를 보더니 화들짝 놀라더군요. 내시들도 나를 보고 무서워 벌벌 떨며 엎드렸지요.

우리는 궁전으로 들어가 어떤 방으로 갔어요. 그 방은 여덟 개의 빨간 반암 벽으로 이루어져 있었는데, 황동 비늘이 덮인 듯한 천장에 등불이 매달려 있었어요. 황제가 한쪽 벽을 건드리자 횃불이 밝혀진 복도가 나타나더군요. 복도 양편에는 은이 가득 담긴 거대한 포도주 항아리들이 있었어요. 복도 중간쯤 왔을 때 황제는 입 밖에 내면 안 될 만큼 위험한 주문을 외쳤어요. 그랬더니 갑자기 화강암 문이 들어 올려졌답니다. 황제는 눈이 부신지 손으로 얼굴을 가렸어요.

그 곳이 얼마나 멋졌는지, 당신은 상상도 못 할 거예요. 거대한 거북이 등껍질에는 진주가 가득 채워져 있고, 속이 깊이 파인 커다란 월장석에는 루비가 잔뜩 담겨 있었지요. 코끼리도 들어갈 만큼 커다란 금고에는 금이 빼곡히 차 있고, 가죽 자루에는 금가루가 들어 있었어요. 크리스털 잔에는 오팔이 담겨 있었고, 비취옥 잔에는 사파이어가 담겨 있었고, 상아로 만든 얇은 접시에는 둥근 초록빛 에메랄드가 쌓여 있었지요. 또 한 쪽 구석에는 터키석이나 녹주석으로 채워진 비단 주머니들이 있었어요. 상아 안에는 자수정이, 놋쇠로 만든 뿔 안에는 옥수와 홍옥수가 담겨 있었지요. 삼나무 기둥에는 노란 묘안석으로 만든 목걸이들이 걸려 있었고, 납작한 타원형의 방패들에는 포도주 빛깔 옥이나 잔디처럼 푸른 옥이 박혀 있었어요. 하지만 내가 얘기하는 것은 본 것의 십분의 일도 채 되지 않는답니다.

"여기가 내 보물 창고요. 약속대로 이 중 절반은 당신 것이오. 낙타와 낙타 몰이꾼도 주겠소. 그들은 세상 어디로든 당신 몫의 보물을 실어다 줄 것이오. 단 오늘 밤에 일을 모두 끝내야 하오. 내 아버지인 태양이 떠오르면, 이 도시에 내가 죽일 수 없는 자가 있다는 걸 모두 알게 될 테니까."

황제가 얼굴을 가렸던 손을 내리며 말했어요.

"여기 있는 금도, 은도 다 네 것이다. 귀중한 보석과 값비싼 보물도 모두 다 네 것이야. 나는 아무것도 가져가지 않겠다. 다만 네가 끼고 있는 작은 반지를 다오."

내가 말했어요.

"이건 납으로 만든 반지요. 아무 가치도 없소. 그러니 내 보물의 절반을 가지고 멀리 떠나시오."

황제가 눈살을 찌푸리며 소리치더군요.

"싫다. 그 반지 말고는 아무것도 필요 없다. 난 그 반지에 걸려 있는 주문을 알고 있거든."

내가 말했지요.

"여기 있는 보물을 모두 가지시오. 나머지 보물도 모두 당신 것이니, 제발 이 도시를 떠나시오."

황제가 내게 애원했지요.

나는 이상한 일을 했지만 신경 쓸 일은 아니에요. 여기에서 하룻길 정도 되는 동굴에 부자가 되는 반지를 숨겨 놓았어요. 겨우 하룻길이라고요. 그 반지만 있으면 세상의 어떤 왕보다 더 큰 부자가 될 수 있어요. 그러니 나와 함께 반지를 가지러 가요. 세상에서 가장 큰 부자로 만들어 드릴 게요.

젊은 어부는 이 이야기를 다 듣고도 웃기만 했다.

"사랑은 재물보다 값진 거야. 아리따운 인어는 나를 사랑해."

젊은 어부가 말했다.

"아니에요, 재물보다 값진 것은 없어요."

영혼이 말했다.

"아니야, 사랑이 더 값지다니까."

젊은 어부는 다시 깊은 바닷속으로 사라져 버렸다. 영혼은 슬프게 울며 습지 너머로 떠나갔다.

젊은 어부가 영혼을 버린 지 삼 년째 되던 날, 영혼은 바닷가에 와서 어부를 불렀다.

"왜 나를 불렀니?"

젊은 어부가 깊은 바다에서 올라왔다.

"이리 와 봐요. 내가 겪은 신기한 일을 얘기해 줄게요."

젊은 어부는 영혼에게 가까이 다가가 얕은 물가에 누워 한 손으로 머리를 받치고 이야기를 들었다.

영혼은 이야기를 시작했다.

"내가 아는 어느 도시에는 강이 흐르고 그 강가에 작은 여관이 있어요. 나는 뱃사람들과 함께 어울려 빛깔이 다른 두 종류의 포도주를 마시며 딱딱한 빵과 월계수 잎을 얹어 식초에 절인 생선을 먹고 있었지요. 함께 앉아 즐겁게 놀고 있는데, 한 노인이 가죽 양탄자와 호박 뿔이 둘 달린 류트를 들고 오더니 바닥에 양탄자를 깔고 앉았어요. 노인이 깃털로 류트 줄을 퉁기기 시작하니까 얼굴을 베일로 가린 여자가 뛰어들어와 우리 앞에서 춤을 추더군요. 그 여자는 맨발이었는데, 양탄자 위에서 비둘기같이 작고 하얀 발을 움직였어요. 나는 그렇게 멋진 춤은 본 적이 없었어요. 그 여자가 춤을 추었던 도시는 여기에서 하루만 가면 돼요."

영혼의 이야기를 듣자, 젊은 어부는 문득 아리따운 인어가 발도 없고 춤도 출 수 없다는 것이 떠올랐다. 그는 그 여자의 예쁜 발을 보고 싶다는 생각에 사로잡혔다.

'하룻길이라니 얼른 갔다 와야지.'

젊은 어부는 웃으며 얕은 물가에서 일어나 바닷가로 걸어 나왔다. 물기가 없는 마른 모래를 딛고 서자 다시 웃음이 터져 나왔다.

젊은 어부가 영혼에게 팔을 뻗자, 영혼은 너무 기뻐 소리지르며 그에게 달려가 안겼다. 그러고는 다시 젊은 어부의 몸 속으로 들어갔다. 젊은 어부는 모래 위에 영혼의 몸인 그림자가 생긴 것을 보았다.

"어서 가요. 바다의 신들이 질투해서 괴물들에게 쓸데없는 명령을 내릴지도 모르잖아요."

영혼이 젊은 어부에게 말했다.

그들은 서둘러 떠났다. 그 날 밤에는 달빛을 받으며 다음 날은 하루 종일 햇볕을 받으며 걸었다. 저녁이 되어 그들은 어느 도시에 도착했다.

"춤추는 여자가 이 도시에 있니?"

젊은 어부가 영혼에게 물었다.

"아니에요. 하지만 들어가 봐요."

영혼이 대답했다.

그들은 도시를 돌아다녔다. 젊은 어부는 보석상 거리를 지나다가 진열해 놓은 예쁜 은잔을 보았다.

"저 은잔을 감추세요."

영혼이 젊은 어부에게 말했다.

젊은 어부는 그 말을 듣고 잔을 집어 옷 속에 숨겼다. 그런 다음 그들은 급히 도시를 빠져 나왔다.

십 리쯤 걸었을 때 젊은 어부가 눈살을 찌푸리며 잔을 멀리

던져 버렸다.

"왜 나한테 잔을 훔치라고 한 거야? 이건 나쁜 짓이잖아."

젊은 어부가 영혼에게 말했다.

"진정하세요. 진정하세요."

영혼이 말했다.

둘째 날 저녁, 그들은 또다른 도시에 닿았다.

"춤추는 여자가 이 도시에 있니?"

젊은 어부가 영혼에게 물었다.

"아니에요. 하지만 들어가 봐요."

영혼이 대답했다.

그들은 도시를 돌아다녔다. 젊은 어부는 신발 가게들이 늘어선 거리를 지나가다 물항아리 옆에 서 있는 아이를 보았다.

"저 아이를 때리세요."

영혼이 젊은 어부에게 말했다.

젊은 어부는 그 말을 듣고 아이가 울 만큼 세게 때렸다. 그런 다음 그들은 급히 도시를 빠져 나왔다.

십 리쯤 걸었을 때 젊은 어부가 잔뜩 화가 나서 영혼에게 말했다.

"왜 나한테 아이를 때리라고 한 거야? 그건 나쁜 짓이잖아."

젊은 어부가 영혼에게 말했다.

"진정하세요. 진정하세요."

영혼이 말했다.

셋째 날 저녁, 그들은 또다른 도시에 닿았다.

"춤추는 여자가 이 도시에 있니?"

젊은 어부가 영혼에게 물었다.

"그런 것 같아요. 그러니 한번 들어가 봐요."

영혼이 대답했다.

그들은 도시를 돌아다녔다. 하지만 젊은 어부는 강도 볼 수 없었고 강가에 있다는 작은 여관도 찾을 수 없었다. 게다가 사람들이 그들을 이상하다는 듯이 바라보았다.

"그만 떠나자. 하얀 발로 춤추는 여인은 여기 없는 것 같다."

젊은 어부는 무서워져서 영혼에게 말했다.

"하지만 여기 머무는 게 좋을 거예요. 길이 어두워 강도가 나타날지도 몰라요."

영혼이 대답했다.

그들은 시장 통에 앉아 쉬었다. 시간이 얼마나 지났을까? 타타르산 천으로 만든 외투를 입은 상인이 뿔로 만든 등불을 들고 지나가다가 젊은 어부를 보았다.

"대체 이 시간에 왜 여기 앉아 있소? 노점도 다 걷히고 짐도 다 꾸려졌는데."

상인이 물었다.

"여관을 못 찾아서요. 하룻밤 묵을 만한 친척도 없고요."

젊은 어부가 대답했다.

"우리는 모두 친척이라오. 신께서 우리를 하나로 만드시지 않았소? 자, 우리 집으로 갑시다. 마침 손님 방이 비었다오."

상인이 친절하게 말했다.

젊은 어부는 자리에서 일어나 상인을 따라갔다. 그들은 석류나무 정원을 지나 상인의 집으로 들어갔다.

상인은 손을 씻으라고 장미꽃잎을 띄운 물을 구리 접시에 담아 내왔고, 갈증을 풀 수 있게 잘 익은 멜론도 주었다. 밥 한 그릇과 구운 염소고기 한 덩이도 주었다.

젊은 어부가 식사를 끝내자, 상인은 어부를 손님 방으로 안내하고는 편히 쉬라고 일렀다. 어부는 고맙다고 인사하며 상인의 손에 끼워져 있는 반지에 입을 맞추었다. 그러고는 염소털로 짠 양탄자에 몸을 누이고 까만 양털로 짠 담요를 덮고 잠이 들었다.

새벽이 되기 세 시간 전, 아직 깜깜한 밤중일 때였다.

"일어나세요. 당장 상인의 방으로 가서 그를 죽이고 금덩이를 빼앗아 오세요. 우리는 그게 필요해요."

영혼이 젊은 어부를 깨우며 말했다.

젊은 어부는 그 말을 듣고 자리에서 일어나 상인의 방으로 갔다. 자고 있는 상인의 발치에 커다란 칼이 놓여 있었고 그 옆에 금이 담긴 주머니 아홉 개가 있었다. 젊은 어부가 손을 뻗어 칼을 집으려고 하자 상인이 깜짝 놀라며 잠에서 깨었다. 상인이 몸을 날려 먼저 칼을 집었다.

"은혜를 원수로 갚다니! 내가 베푼 친절을 피로 갚으려는 것이오?"

상인이 외쳤다.

"그를 때려요."

영혼이 젊은 어부에게 말했다.

젊은 어부는 상인을 때려 기절시킨 다음 금 주머니 아홉 개를 집어 들었다. 그러고는 석류나무 정원을 지나 급히 도망쳤다. 고개를 들어 하늘을 보니 샛별이 반짝이고 있었다.

"왜 나한테 상인을 죽이고 금을 훔치라고 한 거야? 이건 정말 나쁜 짓이잖아."

십 리쯤 걸었을 때 젊은 어부가 가슴을 치며 영혼에게 말했다.

"진정하세요. 진정하세요."

영혼이 말했다.

"아니, 진정할 수 없어. 네가 시키는 일은 다 싫어. 나는 너도 싫어. 왜 나한테 이런 일을 자꾸 시키는 거야? 어서 말해 봐!"

젊은 어부가 외쳤다.

"당신이 나를 내쫓을 때 심장을 주지 않았으니까요. 그래서 나는 이런 일들을 배웠고 또 좋아하게 된 거예요."

영혼이 대답했다.

"말도 안 돼."

젊은 어부가 중얼거렸다.

"당신도 잘 알고 있잖아요. 내게 심장을 주지 않았다는 걸 잊었어요? 우리 서로 괴롭히지 말아요. 힘든 일은 피하고 즐겁게 살아요."

영혼이 말했다.

"넌 악마야. 넌 내 사랑을 잃어버리게 만들었어. 나를 유혹하고 내 발을 악의 구렁텅이에 빠뜨렸지."

젊은 어부는 부르르 몸을 떨며 영혼에게 말했다.

"나를 세상에 보낼 때 심장을 주지 않았다는 걸 잊지 말아요. 가요, 우리 다른 도시로 가 봐요. 우리한테는 금 주머니가 아홉 개나 있잖아요."

영혼이 대답했다.

"싫어. 난 너와 아무것도 하지 않고 아무 데도 가지 않겠어. 그 대신 옛날처럼 너를 멀리 보내 버릴 거야. 너하고 있어 봤자 좋을 게 없으니까."

젊은 어부는 금 주머니 아홉 개를 땅에 내팽개치고 발로 짓밟았다.

그러고는 달을 등지고 서서 허리춤에서 손잡이가 초록빛 독사 가죽으로 된 작은 칼을 꺼내 그림자를 잘라 내려고 했다. 하지만 영혼의 몸인 그림자는 꿈쩍도 하지 않았다.

"마녀가 알려 준 마법은 이제 소용 없어요. 당신은 나를 보낼 수 없고 난 당신을 떠나지 않을 거예요. 사람은 평생에 단 한 번만 영혼을 잘라 낼 수 있거든요. 그러니까 영혼을 다시 받아들인 다음에는 영원히 같이 살아야 해요. 그게 영혼을 버린 사람에게 주어진 상이자 벌이에요."

영혼은 젊은 어부가 뭐라고 하든지 신경도 쓰지 않았다.

"마녀는 거짓말쟁이야! 내게 그런 말은 한 마디도 하지 않았어."

젊은 어부는 창백해진 얼굴을 두 손으로 감싸쥐고 소리쳤다.

"그런 말은 하지 않았지요. 하지만 마녀는 자기가 섬기는 남자에겐 진실하답니다. 마녀는 그의 영원한 종이니까요."

영혼이 대답했다.

젊은 어부는 이제 영혼을 없애 버릴 수 없다는 것과 앞으로 함께 살아야 할 영혼이 악마라는 것을 깨달았다. 어부는 너무 끔찍해서 땅바닥에 쓰러져 슬프게 울었다.

"네가 시키는 대로 못 하도록 내 손을 묶고 내 입을 막아 버리겠어. 그리고 사랑하는 인어에게 돌아갈 거야. 바다로 가겠어. 인어가 노래하는 바닷가로 갈 거야. 인어에게 내가 한 나쁜 짓과 네가 시킨 나쁜 짓을 모두 고백할 거야."

날이 밝자 젊은 어부가 일어나 영혼에게 말했다.

"누구에게 돌아간다고요? 세상에는 인어보다 예쁜 여자가 수두룩해요. 세상의 모든 새와 동물을 흉내내며 춤추는 사마리스 무희들도 있어요. 그들은 발을 헤나로 물들이고 손에 작은 구리종을 들고 있지요. 춤추는 내내 투명한 물처럼 맑게 웃는답니다. 같이 가요. 내가 보여 줄게요. 왜 자꾸 악을 들먹거리며 괴로워하나요? 맛있는 건 먹으라고 있는 거예요. 달콤한 걸 먹으면 다 죽는 건가요? 자신을 괴롭히지 말아요. 나와 함께 다른 도시로 가요. 어떤 도시에는 튤립 정원이 있답니다. 거기에는 하얀 공작과 파란 공작이 사는데, 하늘을 향해 꼬리를 활짝 펼치면 상아와 금으로 만든 부채 같아요. 공작을 기르는 여자는 손으로 춤을 추기도 하고 발로 춤을 추기도 해요. 검푸른 눈에 콧날은 제비의 날개처럼 날렵하지요. 한 쪽 콧구멍에는 진주로 만든 꽃이 달려 있어요. 그 아가씨가 웃으며 춤출 때는 발목에 달린 은종이 딸랑딸랑 울린답니다. 그러니 더 이상 자신을 괴롭히지 말고 나와 함께 그 도시로 가요."

영혼이 젊은 어부를 유혹했다.

하지만 젊은 어부는 아무 말도 하지 않았다. 그는 입을 굳게 다물고 단단한 밧줄로 손을 묶은 다음 사랑하는 인어가 노래하는 바닷가로 되돌아가기 시작했다.

젊은 어부는 영혼이 온갖 방법으로 꾀어도 대꾸조차 하지 않았고 아무리 나쁜 짓을 시켜도 들은 체도 하지 않았다. 그만큼 사랑의 힘은 대단했다.

드디어 바닷가에 이르자 젊은 어부는 손을 묶었던 밧줄을 풀고 굳게 다물었던 입을 열어 아리따운 인어를 불렀다.

하지만 아무리 불러도 인어는 오지 않았다. 하루 종일 부르고 애원해 봐도 소용 없었다.

"당신의 사랑은 한낱 장난일 뿐이었군요. 깨진 독에 물 붓기나 마찬가지예요. 당신은 가진 것을 모두 포기했는데, 그 대가는 아무것도 없군요. 그러니 나와 함께 가요. 나는 기쁨의 골짜기가 어디 있는지, 그 곳에서 어떤 일들이 일어나는지 다 알고 있어요."

영혼은 젊은 어부를 비웃었다.

젊은 어부는 아무 대꾸도 하지 않고 바위 틈새에 잔가지로 작은 집을 지었다. 그러고는 일년 내내 아침에도 인어를 부르고, 낮에도 인어를 부르고, 밤에도 인어를 불렀다. 하지만 인어는 단 한 번도 바다 위로 올라오지 않았다. 어부는 동굴과 초록빛 바다, 밀물과 썰물로 생겨난 웅덩이, 깊은 우물 밑바닥까지 뒤졌지만 어디에서도 인어를 찾을 수 없었다. 영혼도 쉬지 않고 달콤한 말로 그를 꾀며 나쁜 일들을 귓가에 속삭였지만 영혼은 그를 이길 수 없었다. 그만큼 사랑의 힘은 대단했다.

'나쁜 일로 꾀었지만 사랑은 그보다 더 강했지. 이제부턴 착한 일로 꾀어 봐야지. 그러면 나와 함께 갈지도 몰라.'

일 년이 지나자 영혼은 스스로 생각했다.

"난 당신에게 세상의 온갖 기쁨에 대해 얘기했지만 당신은 오히려 귀머거리가 되었지요. 그렇다면 이제 세상의 온갖 고통에 대해 얘기할게요. 귀를 좀 기울여 보세요. 고통은 진실로 이 세상의 주인이랍니다. 고통의 그물에서 빠져나올 수 있는 사람은 아무도 없지요. 이 세상 누군가는 입을 게 없거나 먹을 게 없어요. 자줏빛 옷을 입은 과부가 있는가 하면 누더기를 걸친 과부도 있지요. 늪을 헤매는 문둥이들은 서로에게 불평하고, 거지들은 큰 길에서 하루 종일 구걸을 하지만 주머니는 늘 텅비어 있어요. 거리마다 굶주림이 넘쳐 나고 성문 앞에는 전염병이 앉아 있답니다. 가요, 같이 가서 세상을 바꿔요. 고작 사랑 때문에 여기에서 이렇게 시간을 낭비하다니요! 아무리 불러도 인어는 오지 않아요. 당신이 그토록 귀하고 소중하게 여기는 사랑이 대체 뭔가요?"

영혼이 젊은 어부에게 말했다.

하지만 젊은 어부는 아무 대꾸도 하지 않았다. 그만큼 사랑의 힘은 대단했다.

젊은 어부는 아침에도 인어를 부르고, 낮에도 인어를 부르고, 밤에도 인어를 불렀다. 하지만 인어는 단 한 번도 바다 위로 올라오지 않았다. 그는 밤에는 자줏빛으로 새벽에는 잿빛으로 바뀌는 바다와 바다에 이르는 강과 파도가 닿는 골짜기를 모두 뒤졌지만, 인어를 찾을 수 없었다.

"나쁜 일로도 당신을 꾀어 봤고 착한 일로도 꾀어 봤지만, 사랑은 나보다 더 강하군요. 앞으로는 당신을 유혹하지 않겠어요. 그러니 딱 한 번만 심장에 들어가게 해 주세요. 옛날 우리가 하나였을 때처럼요."

두 해가 지난 뒤 영혼은 젊은 어부가 홀로 있는 밤을 틈타 말을 걸었다.

"좋아. 자, 들어오렴. 너도 심장 없이 세상을 돌아다니느라 많이 힘들었을 테니."

젊은 어부가 말했다.

"아니, 이런! 어디로 들어가야 할지 모르겠어요. 사랑이 심장을 빈틈없이 둘러싸고 있어요."

영혼이 외쳤다.

"그럼 내가 너를 도와 줄게."

젊은 어부가 말했다.

그 때 갑자기 바다에서 누군가 죽었을 때 들리는 슬픈 외침이 들려왔다. 바다 사람이 죽었을 때 들리는 소리였다.

젊은 어부는 벌떡 일어나 바닷가로 달려 나갔다. 바닷가로 빠르게 밀려오는 검은 물결이 은보다 더 하얀 무언가를 실어 오고 있었다. 파도처럼 하얀 그것은 마치 꽃과 같았다. 물결이 파도에게, 파도가 거품에게 전해 준 것을 바닷가가 받아 젊은 어부의 발 밑에 내려놓았다.

그것은 아리따운 인어의 시체였다.

젊은 어부는 큰 고통에 휩싸여 눈물을 흘리며 주저앉았다. 그러고는 차갑고 빨간 인어의 입술에 입을 맞추고 젖은 금빛 양털 같은 머리카락을 어루만졌다. 젊은 어부는 인어 곁에 누 워 눈물을 흘리며 인어의 가슴에 검게 그을린 그의 손을 얹었 다. 인어의 머리카락에 입을 맞출 때 짠맛이 느껴졌지만, 젊은 어부에게는 꿀처럼 달콤하게 느껴졌다. 젊은 어부는 마음이 찢 어진 것처럼 슬펐지만 한편으론 기뻤다. 인어의 감은 두 눈에 입을 맞출 때 눈꺼풀에 남아 있던 소금 때문에 짠맛이 느껴졌 지만, 그의 눈물보다는 짜지 않았다.

젊은 어부는 죽은 인어에게 고백했다. 조개 껍데기가 붙어 있는 인어의 귀에 대고 쓰디쓴 포도주 같은 그의 이야기를 모 두 쏟아 놓았다. 그는 인어의 하얗고 작은 손을 자신의 목에 두 르고, 자신의 두 팔로 인어의 목을 감쌌다. 슬픔으로 갈가리 찢 어진 그의 마음에 묘한 기쁨이 차 올랐다.

검은 바다가 신음 소리를 내며 몰려오고 있었다. 검은 바다 는 하얀 거품 발톱으로 바닷가를 할퀴었다. 바다 왕의 궁전에서 다시 한 번 통곡소리가 들렸다. 바다 저 깊은 곳에서 트리톤들이 뿔피리를 요란하게 불어 대고 있었다.

"어서 도망쳐요. 바다가 다가오고 있어요. 여기 있으면 바다가 우리를 삼켜 버릴 거예요. 무서워요. 사랑 때문에 심장은 나를 받아 주지 않아요. 얼른 안전한 곳으로 도망쳐요. 나를 심장도 없이 또다른 곳으로 보내려는 건 아니죠?"

하지만 젊은 어부는 영혼의 말을 듣고 있지 않았다.

"사랑은 지혜보다 값지고 재물보다 귀하며 예쁜 여인의 발보다 눈부시답니다. 사랑은 불로 태울 수도 없고 물로 식힐 수도 없어요. 내가 당신을 부르는 동안 당신은 대답하지 않았지요. 달은 내가 당신을 부르는 걸 들었지만 당신은 내게 오지 않았어요. 나는 당신을 떠나 세상을 떠돌며 상처만 받았지요. 하지만 당신의 사랑은 언제나 나와 함께 있었어요. 나는 나쁜 일도 보고 착한 일도 보았지만, 그 무엇도 사랑을 이길 수는 없었어요. 이제 당신이 죽었으니 나도 당신을 따르겠어요."

젊은 어부가 아리따운 인어를 부르며 말했다.

영혼은 젊은 어부에게 제발 도망치라고 애원했지만, 어부는 영혼이 시키는 대로 하지 않았다. 그만큼 사랑의 힘은 대단했다.

바다가 성큼 다가왔고 파도가 그를 덮치려 했다. 그는 마지막이 되었다는 것을 느끼고 인어의 차가운 입술에 입을 맞추었다.

그 순간 그의 심장이 쪼개졌다. 그 틈으로 영혼은 젊은 어부의 심장을 파고들었다. 그리고 옛날처럼 다시 젊은 어부와 하나가 되었다.

곧 바다가 젊은 어부를 집어삼켰다.

다음 날 아침, 신부는 밤새 거칠었던 바다를 축복하러 바닷가로 나왔다. 수도사, 성가대, 초를 든 사람, 향로 흔드는 사람들과 그밖에 많은 사람들이 그 뒤를 따랐다.

바닷가에 도착한 신부는 파도 속에 젊은 어부가 인어를 품에 안고 죽어 있는 것을 보았다. 신부는 눈살을 찌푸리고 십자가를 그으며 뒤로 물러섰다.

"바다는 물론 바닷속에 사는 그 무엇도 축복하지 않겠소. 바다는 저주를 받으리라. 또 바다 사람들과 교제하는 자들도 모두 저주를 받으리라. 이 자는 하느님을 버리고 사랑을 택했다가 결국 하느님의 심판을 받고 그의 연인과 함께 여기 누워 있소. 이 시체 두 구를 거두어 외딴 들판 구석에 묻도록 하시오. 비석도 세우지 말고 아무 표시도 하지 마시오. 그래서 아무도 그 곳을 모르게 하시오. 살아서 저주 받은 자들은 죽어서도 저주를 받으리라!"

신부가 큰 소리로 외쳤다.

사람들은 신부가 시키는 대로 했다. 향기로운 풀은 한 포기도 자라지 않는 외딴 들판 한 구석에 구덩이를 파고 젊은 어부와 인어를 묻었다.

3년이 지난 어느 안식일이었다.

그 날 신부는 사람들에게 예수의 고난과 하느님의 진노에 대해 강론하려고 했다. 신부는 제의로 갈아 입은 다음 성당으로 들어와 제단 앞에 섰는데, 그 날 따라 제단에 한 번도 보지 못한 낯선 꽃이 장식되어 있었다. 이상하고 신비스러우면서도 아름다운 꽃이었다. 신부는 그 꽃에 자꾸 신경이 쓰였지만 향기가 무척 달콤해서 기분이 좋았다. 하지만 기분이 왜 좋은지 알 수 없었다.

신부는 감실을 열고 그 안에 있는 성합에 향을 피운 다음 사람들에게 성체를 보여 주었다가 베일로 다시 가렸다. 그러고는 강론을 하려고 입을 열었다. 신부는 아름다운 하얀 꽃에 자꾸 신경이 쓰였다. 달콤한 향기를 맡자, 신부의 입에서 다른 말들이 흘러 나왔다. 하느님의 진노에 대해 말하려고 했지만 하느님의 사랑에 대해 말하고 있었다. 신부는 자기가 왜 그러는지 알지 못했다.

강론이 끝나자, 사람들은 눈물을 흘렸다. 성구실로 돌아온 신부의 눈에도 눈물이 가득했다. 보좌 신부들이 들어와 그가 옷 벗는 것을 도와 주었다. 먼저 장백의를 벗기고 허리띠와 수대와 영대를 벗겨 주었다. 신부는 마치 꿈을 꾸는 것 같았다.

"제단에 있던 꽃이 무슨 꽃이지? 어디에서 가져온 것인 가?"

제의를 모두 벗은 다음, 신부가 보좌 신부들에게 물었다.

"무슨 꽃인지는 모르겠지만, 외딴 들판 한 구석에서 꺾어온 것입니다."

신부는 온몸이 떨렸다.

다음 날 이른 새벽, 신부는 수도사, 성가대, 초를 든 사람, 향로 흔드는 사람들과 그밖에 많은 사람들과 함께 바닷가로 갔다. 신부는 바다와 바닷속에 사는 모든 것들을 축복했다. 파우누스와 바닷속에 사는 아주 작은 생물들과 해초 뒤에 숨어 눈을 반짝이는 것들을 축복했다. 신부는 이 세상의 모든 것을 축복했다. 사람들의 마음은 기쁨과 경이로움으로 가득 찼다.

외딴 벌판 한 구석에는 다시 꽃이 피지 않았고, 예전처럼 풀 한 포기 자라지 않는 곳이 되었다. 그리고 바다 사람들이 떠난 바닷가에는 아무도 찾아오지 않았다.

별 아이

가난한 나무꾼 둘이 소나무 숲을 가로질러 집으로 돌아가고 있었다. 지독하게 추운 겨울 밤이었다. 땅 위에도, 나뭇가지 위에도 눈이 수북이 쌓여 있었고, 나무꾼들이 지날 때마다 서리 맞은 나뭇가지들이 툭툭 부러졌다. 폭포는 얼음 대왕의 입맞춤으로 꽁꽁 얼어붙어 있었다.

날씨가 너무 추워서 새와 동물들도 어쩔 줄 몰라 했다.

"으악! 날씨 한 번 끔찍하군. 왕은 왜 이런 날씨를 가만 두는 거야?"

늑대는 다리 사이에 꼬리를 집어넣고 덤불 사이를 어기적대며 으르렁거렸다.

"짹! 짹! 짹! 땅이 죽었나 봐. 하얀 수의를 입고 있잖아."

방울새가 지저귀었다.

"땅이 곧 결혼하나 봐. 그래서 웨딩드레스를 입은 거야."

멧비둘기 두 마리가 속삭였다. 작은 분홍빛 발이 꽁꽁 얼어붙어도 세상은 아름다운 것이라고 생각했기 때문이다.

"말도 안 돼! 이건 분명히 왕이 잘못하는 거야. 내 말을 믿지 않는 녀석들은 모두 잡아먹어 버리겠다."

늑대가 다시 으르렁거렸다. 사납고 못된 늑대는 무슨 말을 하든지 윽박지르는 버릇이 있었다.

"내 생각에는 말이야, 굳이 원자론을 들먹이며 설명할 필요까진 없을 것 같아. 사실이 그러면 그냥 그런 거라고. 지금은 날씨가 지독하게 추울 뿐이야."

타고난 철학자 딱따구리도 한 마디 했다.

정말 지독하게 추웠다. 전나무 속에 사는 다람쥐들은 몸을 따뜻하게 하려고 서로 코를 비볐고, 토끼들은 굴 속에 웅크리고 앉아 밖을 내다볼 생각도 하지 못했다. 커다란 수리부엉이들만 이 추위를 즐기고 있었다. 서리를 맞아 깃털이 딱딱해졌지만 그들은 신경 쓰지 않았다.

"부엉! 부엉! 날씨 참 좋구나!"

부엉이들은 커다랗고 노란 눈알을 이리저리 굴리며 말했다.

나무꾼들은 꽁꽁 언 손을 호호 불어가며 쇠장식이 달린 커다란 부츠를 신고 수북이 쌓인 눈 위를 저벅저벅 걸어갔다. 깊은 구덩이에 빠졌을 때는 방앗간에서 나온 사람처럼 온몸이 새하얗게 되기도 했고, 꽝꽝 얼어붙은 습지를 지나다가 미끄러졌을 때는 장작더미가 모두 흩어져 다시 주워 모아 더 단단하게 묶어야 했다. 길을 잃어버렸을 때는 두려워 떨기도 했다. 눈은 그 품 안에 잠든 사람에게 더 잔인하다는 것을 알고 있었기 때문이다. 하지만 나무꾼들은 모든 나그네를 보살피는 성 마르틴이 보호해 주리라 믿고, 왔던 길을 되짚으며 조심조심 발걸음을 옮겼다.

마침내 나무꾼들은 숲을 거의 다 빠져 나왔다. 숲의 가장자리에 이르자 골짜기 아래로 나무꾼들이 사는 마을의 불빛이 보였다. 나무꾼들은 살았다는 생각에 기뻐서 큰 소리로 웃음을 터뜨렸다. 땅은 은빛 꽃밭 같았고 달은 금빛 꽃 같았다.

하지만 자신들의 가난한 처지가 떠오르자 금세 서글퍼졌다.

"세상은 부자들의 것이지, 우리 같은 가난뱅이의 것이 아니야. 그걸 잘 알면서 뭐가 좋다고 기뻐한 거지? 차라리 숲 속에서 얼어 죽거나 들짐승에게 잡아먹히는 게 나았을지도 몰라."

한 나무꾼이 친구에게 말했다.

"정말 그래. 어떤 사람은 많이 가졌는데 어떤 사람은 아무것도 가진 게 없으니까. 이 세상은 공평하지 않아. 슬픔도 똑같이 주어진 게 아니거든."

친구가 대답했다.

나무꾼들이 한참 동안 투덜거리고 있을 때 이상한 일이 일어났다. 하늘에서 아주 밝고 아름다운 별 하나가 떨어진 것이었다. 그 별은 다른 별들을 스치며 하늘에서 미끄러지듯 땅으로 내려왔다. 나무꾼들이 깜짝 놀라 바라보고 있자니, 작은 양 울타리 바로 옆에 있는 버드나무 뒤로 떨어졌다. 돌멩이를 던지면 닿을 거리였다.

"이봐! 저 금덩이는 무조건 줍는 사람이 임자야."

나무꾼들은 그 곳을 향해 달려갔다. 달리기가 빠른 나무꾼이 먼저 덤불을 헤치고 버드나무 뒤로 갔다. 하얀 눈 위에 정말 금덩이 같은 게 떨어져 있었다! 그는 서둘러 다가가 몸을 숙이며 손을 뻗었다. 별들이 촘촘하게 수놓인 금빛 망토에 무언가가 싸여 있었다. 그는 친구에게 하늘에서 떨어진 보물을 찾았다고 큰 소리로 외쳤다. 곧 친구가 도착하자 그들은 겹겹이 쌓인 망토를 눈 위에 올려놓고 한 겹 한 겹 펼치기 시작했다. 아니 이럴 수가! 그 안에는 금은커녕 어떤 보물도 들어 있지 않았다.

다만 작은 아이가 자고 있을 뿐이었다.

"꿈이 산산이 부서지고 말았군. 역시 우리는 억세게 운이 없어. 사는 데 어린 애가 무슨 도움이 되겠어? 그냥 여기 놔 두고 가세. 우리는 가난한데다 이미 자식들도 많잖아. 다른 애한테 줄 빵 같은 건 없다고."

한 나무꾼이 말했다.

"하지만 어린 애를 죽게 내버려 둘 순 없어. 나도 가난하고 먹여 살려야 할 식구도 많지만 그래도 이 애를 집으로 데려가 겠어. 아내도 틀림없이 잘 했다고 할 거야."

친구가 대답했다.

그러고는 아주 조심스럽게 아이를 들어 올린 뒤 매서운 추위에 떨지 않도록 망토를 잘 여며 주었다.

그들은 마을을 향해 언덕을 내려갔다. 다른 나무꾼은 친구가 어리석다고 생각하면서도 따뜻한 마음씨에 놀랐다.

"자네가 아이를 데려가기로 했으니 그 망토는 내게 줘. 하나씩 가져야 공평하지."

그들이 마을에 도착했을 때 나무꾼이 친구에게 말했다.

"이 망토는 내 것도 자네 것도 아니야. 이 아이의 것이지."

친구가 대답했다.

그러고는 집으로 돌아가 문을 두드렸다. 아내는 남편이 무사히 돌아온 것을 보자 그의 목에 팔을 두르고 입을 맞추었다. 그런 다음 등에 진 장작을 내려 주고 신발에 묻은 눈을 털어 주며 어서 들어오라고 말했다.

"숲 속에서 가져온 게 있는데, 우리가 돌봐 줘야 할 것 같아."

남편이 문지방에서 꼼짝도 하지 않은 채 아내에게 말했다.

"뭔데요? 어서 보여 줘요. 집이 텅 비어서 필요한 게 아주 많아요."

아내가 말했다.

남편은 망토를 펼치고 아이를 보여 주었다.

"어머, 이 양반 좀 봐!"

아내가 외쳤다.

"우리한테도 먹여 살려야 할 자식들이 있어요. 그런데 주워 온 아이까지 난로 앞에 앉혀 놓아야겠어요? 이 애가 불행을 가 져올지 누가 알아요? 도대체 어떻게 키우려고 그래요?"

아내가 불같이 화를 냈다.

"그렇지 않을 거야. 이 애는 별에서 떨어진 아이라고."

남편은 아이를 발견하게 된 신기한 이야기를 해 주었다.

"우리 애들도 먹을 게 모자라요. 그런데 모르는 애까지 돌 보라고요? 그럼 우리는 누가 돌봐 주죠? 누가 우리에게 먹을 걸 주냐고요?"

아내는 여전히 화가 나서 큰 소리로 외쳤다.

"다 잘 될 거야. 하느님께서는 참새 한 마리도 돌보고 먹이 신다지 않아?"

남편이 대답했다.

"참새들도 겨울에는 굶어 죽어요. 지금이 바로 겨울이라고 요."

아내가 대꾸했다.

남편은 아무 말도 하지 않은 채 문지방에 꼼짝 않고 서 있었다. 열린 문으로 매서운 겨울바람이 들어왔다.

"문 안 닫을 거예요? 찬바람이 들어오잖아요. 얼어 죽겠어요."

아내가 몸을 오들오들 떨며 말했다.

"인심 사나운 집에 찬바람이 부는 건 당연한 것 아닌가?"

남편이 말했다.

아내는 아무 말 없이 난롯가로 다가갔다. 잠시 뒤 몸을 돌려 남편을 바라보는 아내의 눈에는 눈물이 고여 있었다. 남편은 조용히 집 안으로 들어와 아내의 팔에 아이를 안겨 주었다. 아내는 아이에게 입을 맞추고는 막내 옆자리에 아이를 눕혔다.

다음 날 아침, 나무꾼은 금빛 망토와 아내가 아이 목에서 발견한 호박 목걸이를 커다란 궤짝에 넣어 두었다.

별 아이는 나무꾼의 아이들과 함께 자라며 똑같은 식탁에서 똑같이 밥을 먹고 함께 뛰어 놀았다. 하지만 별 아이는 자랄수록 점점 아름다워졌다. 마을 사람들은 얼굴빛이 가무잡잡한데다 까만 머리였지만, 별 아이는 상아같이 하얀 피부에 수선화처럼 노란 고수머리를 하고 있었다. 입술은 빨간 꽃잎 같았고 눈은 맑은 강가에 핀 제비꽃 같았으며 몸매는 들판에서 자라는 수선화 같았다.

별 아이는 너무 아름다웠기 때문에 못된 아이가 되었다. 점점 더 잘난 척하고, 잔혹하고, 자기밖에 모르는 아이로 자랐다. 별 아이는 자기는 별에서 온 고귀한 몸이지만 다른 아이들은 미천한 부모를 두었다며 나무꾼의 아이들과 마을 아이들을 깔보았다. 그리고 언제나 대장 노릇을 맡아하며 다른 아이들을 하인이라고 불렀다. 또 가난한 사람이나 눈 먼 사람이나 병 든 사람이나 고통 받는 사람들을 동정하기는커녕 오히려 그들에게 돌을 던지며 큰 길로 내쫓았다. 그래서 얼쩡거리는 불량배들 외에는 누구도 그 마을에서 구걸할 수가 없었다. 별 아이는 아름답고 예쁜 것만 좋아해서 병든 사람과 못생긴 사람들을 비웃고 깔보았다. 별 아이는 자기 자신만 사랑했다. 그래서 바람이 잠잠한 여름에는 과수원에 있는 샘으로 가서 아름다운 자기 얼굴을 들여다보며 즐거워하곤 했다.

"너는 왜 불쌍한 사람들을 못살게 구니? 우리는 너를 그렇게 키우지 않았다. 그 사람들을 동정해야지 못살게 굴면 안 돼."

나무꾼 부부가 별 아이를 꾸짖었다.

"파리도 너의 형제란다. 그러니 해치지 말거라. 날아다니는 새에게도 자유가 있단다. 그러니 재미로 새들을 잡지 말거라. 하느님이 저 도마뱀과 두더지들을 만드셨고, 그것들에게도 각자 사는 자리가 있단다. 네가 대체 뭐라고 하느님 나라에 고통을 가져오려 하느냐? 들판에 노니는 소들도 하느님을 찬양하는데!"

늙은 신부는 종종 별 아이를 찾아가 살아 있는 것들을 사랑하라고 가르쳤다.

하지만 별 아이는 그런 말들을 귀담아 듣지 않았다. 그저 얼굴을 한 번 찡그리고 그 말에 콧방귀를 뀐 다음, 친구들에게 돌아가 또다시 대장 노릇을 했다.

아이들은 별 아이를 무척 따랐다. 별 아이는 얼굴도 하얗고 걸음도 빠르며 춤도 잘 추고 피리도 잘 불고 노래도 지어 부를 줄 알았기 때문이다. 아이들은 별 아이가 가는 곳이라면 어디든지 따라갔고 별 아이가 시키는 것이라면 무엇이든지 했다. 별 아이가 뾰족한 갈대로 두더지의 눈을 찔러도 웃었고 문둥이에게 돌을 던져도 웃었다. 별 아이는 모든 아이들을 다스렸고 아이들은 모두 별 아이처럼 못된 마음씨를 품게 되었다.

어느 날, 불쌍한 거지 여인이 마을에 나타났다. 험한 길을 걸어왔는지 옷은 다 찢어지고 헤졌으며 발에서는 피가 흘렀다. 거지 여인은 몹시 지친 모습으로 밤나무 아래에 앉아 쉬고 있었다.

"저것 좀 봐! 아름답고 푸른 나무 아래 지저분한 거지가 앉아 있어. 어서 더럽고 못생긴 거지를 우리 마을에서 몰아내자."

별 아이가 마을 아이들에게 소리쳤다.

별 아이가 가까이 다가와 돌을 던지며 괴롭히자, 거지 여인은 무서워 벌벌 떨면서도 그를 뚫어지게 바라보았다.

"넌 정말 자비라고는 눈곱만큼도 모르는 아주 못된 아이구나. 저 불쌍한 거지가 무슨 잘못을 했다고 그렇게 못살게 구느냐?"

장작을 패고 있던 나무꾼이 달려와 별 아이를 꾸짖었다. 그러자 별 아이는 화가 나서 얼굴이 새빨개졌다.

"아저씨가 뭔데 내가 하는 일에 참견이에요? 난 아저씨 아들이 아니에요. 그러니까 나한테 이래라 저래라 하지 말아요!"

별 아이는 발을 동동 구르며 소리쳤다.

"그래, 네 말이 맞다. 하지만 내가 너를 숲에서 데려와 키워 주지 않았니?"

나무꾼이 대꾸했다.

거지 여인은 이 말을 듣고 비명을 지르며 기절해 버렸다. 나무꾼은 거지 여인을 집으로 데려갔고, 아내가 거지 여인을 보살폈다. 거지 여인이 정신을 차리고 일어나려고 하자, 나무꾼 부부는 먹을 것과 마실 것을 주며 좀더 누워서 쉬라고 말했다. 하지만 그 여인은 먹지도 마시지도 않았다.

"그 아이를 숲에서 데려왔다고 하셨지요? 혹시 십 년 전쯤이 아닌가요?"

거지 여인이 물었다.

"맞습니다. 제가 숲에서 데려온 지 딱 십 년이 되었어요."

나무꾼이 대답했다.

"그 때 아이가 어떻게 하고 있던가요? 혹시 호박 목걸이를 걸고 있진 않던가요? 별이 수놓아진 금빛 망토에 싸여 있진 않았나요?"

거지 여인이 다시 물었다.

"맞아요. 말씀하신 그대로예요."

나무꾼은 궤짝에서 금빛 망토와 호박 목걸이를 꺼내 거지 여인에게 보여 주었다.

"그 아이는 숲에서 잃어버린 내 아들이에요. 그러니 어서 내게 데려다 주세요. 나는 그 아이를 찾으려고 온 세상을 떠돌았답니다."

거지 여인은 너무 기뻐서 눈물을 흘렸다.

나무꾼 부부는 밖으로 나가 별 아이를 불렀다.

"어서 집에 가 보렴. 네 어머니가 너를 기다리신다."

별 아이는 무척 놀라고 기뻐하며 집 안으로 뛰어들어갔다.

"우리 엄마가 어디 있지? 내 눈에는 더러운 거지밖에 안 보이는데."

별 아이가 거지 여인을 보며 말했다.

"내가 네 엄마란다."

거지 여인이 대답했다.

"말하는 걸 보니 완전히 미쳤군. 난 당신 아들이 아니야. 당신은 거지잖아. 못생기고 누더기까지 걸치고 있잖아. 어서 썩 꺼져 버려. 그 더러운 얼굴을 다시는 보고 싶지 않아."

별 아이가 고래고래 소리를 질렀다.

"아니야, 넌 정말 내 아들이란다. 내가 숲 속에서 널 낳았어."

거지 여인이 소리치며 아이 앞에 무릎을 꿇었다.

"그런데 강도들이 너를 훔쳐 숲에 버리고 도망갔단다. 하지만 난 너를 처음 본 순간 알았어. 네가 지니고 있던 금빛 망토와 호박 목걸이도 확인했단다. 그러니 나와 함께 가자꾸나. 난 너를 찾기 위해 온 세상을 다 떠돌았단다. 아들아, 나와 함께 가자. 난 너의 사랑이 필요하구나."

거지 여인이 말했다.

하지만 별 아이는 마음의 문을 굳게 닫은 채 꼼짝도 하지 않았다. 거지 여인만 괴로워하며 흐느끼고 있었다.

"당신이 정말 내 어머니라면 멀리 떠나 주세요. 나를 창피하게 만들지 말고요. 난 내가 별의 아들인 줄 알았어요. 거지의 자식인 줄은 몰랐다고요. 그러니 다시는 내 앞에 나타나지 마세요."

마침내 별 아이가 입을 열었다.

"오, 아들아! 떠나기 전에 입맞춤이라도 해 주지 않겠니? 난 너를 찾기 위해 엄청난 고난을 겪었단다."

거지 여인이 외쳤다.

"싫어요. 당신이 얼마나 더러운데요. 차라리 살무사나 두꺼비에게 입을 맞추는 게 낫겠어요."

별 아이가 말했다.

거지 여인은 슬피 울며 숲 속으로 사라졌다. 거지 여인이 떠나자 별 아이는 다시 기분이 좋아졌다. 별 아이는 하던 놀이를 계속하려고 친구들에게로 돌아갔다.

"넌 두꺼비처럼 못생겼고 살무사처럼 기분 나빠. 어서 꺼져 버려. 우린 이제 너랑 안 놀아."

친구들이 그를 놀리며 정원 밖으로 쫓아냈다.

"대체 나한테 왜 그러는 거지? 샘에 가서 내 아름다운 얼굴이나 비춰 봐야지."

별 아이는 눈살을 찌푸리며 혼잣말을 했다.

그리고는 과수원의 샘으로 갔다. 그런데 이럴 수가! 얼굴은 마치 두꺼비처럼 변해 있었고 몸에는 살무사처럼 비늘이 돋아 있었다. 그는 풀밭에 쓰러져 엉엉 울었다.

"분명히 내가 지은 죄 때문일 거야. 어머니를 어머니가 아니라고 하고 멀리 내쫓기까지 했으니. 나 혼자 잘난 척하면서 너무 못되게 굴었어. 그러니 이제는 내가 어머니를 찾을 차례야. 온 세상을 다 뒤져서라도 어머니를 꼭 찾고 말겠어."

그 때 나무꾼의 막내딸이 별 아이에게 다가왔다.

"예쁘지 않으면 어때? 우리랑 계속 같이 살자. 난 너를 놀리지 않을 거야."

막내딸이 그의 어깨를 다독거리며 말했다.

"아니야. 난 어머니에게 너무 못되게 굴었어. 그 벌로 나쁜 일이 생긴 거야. 난 가야만 해. 온 세상을 다 뒤져서라도 어머니를 꼭 찾고 말겠어. 어머니께 용서를 빌어야 해."

별 아이는 숲 속으로 달려가 어머니를 부르며 다시 돌아와 달라고 소리쳤다. 하지만 아무런 대답도 들리지 않았다. 별 아이는 하루 종일 어머니를 부르고 다니다가 해가 지면 나뭇잎을 긁어모아 놓고 그 위에 누워서 잠을 잤다. 작은 동물들과 새들은 별 아이가 얼마나 못살게 굴었는지 기억하고 있었기 때문에 슬며시 피해 다녔다. 느릿느릿 따라오는 두꺼비와 슬금슬금 따라오는 살무사만이 곁에 있을 뿐, 별 아이는 아무도 없이 혼자였다.

아침이 되자, 별 아이는 잠에서 깨어 쓴 열매를 조금 따먹었다. 그러고는 슬피 울며 큰 숲을 계속 가로질러 갔다. 별 아이는 만나는 동물들마다 어머니를 봤느냐고 물어 보았다.

"너는 땅 속으로 다니지? 혹시 우리 어머니가 거기 계시니?"

별 아이가 두더지에게 말했다.

"네가 내 눈을 멀게 만들었잖아. 그러니 내가 어떻게 보겠니?"

두더지가 대답했다.

"너는 높은 나무 위로 날아다니며 온 세상을 내려다보지? 혹시 우리 어머니를 보지 못했니?"

별 아이가 홍방울새에게 물었다.

"네가 내 깃털을 다 뽑았잖아. 그런데 내가 어떻게 날겠니?"

홍방울새가 대답했다.

"우리 어머니는 어디 계실까?"

별 아이가 전나무 구멍에서 혼자 사는 작은 다람쥐에게 물었다.

"너는 우리 엄마를 죽였어. 이젠 네 엄마도 죽이려고 그러니?"

다람쥐가 대답했다.

별 아이는 고개를 떨어뜨리고 슬프게 울었다. 별 아이는 하느님께 용서를 빌었다.

숲 속을 헤맨 지 사흘째 되던 날, 별 아이는 숲에서 나와 들판을 지났다.

마을을 지날 때마다 아이들이 그를 놀리며 돌을 던졌다. 농부들은 쌓아 둔 곡식에 병균을 옮길까 봐 걱정이 되어 외양간에서도 재워 주려고 하지 않았다. 별 아이는 너무나 더러워서 보는 사람마다 그를 쫓아내기 바빴다. 아무도 그를 동정하지 않았고, 어디에서도 어머니에 대한 소식을 들을 수 없었다.

별 아이는 3년 동안 온 세상을 돌아다녔다. 앞에서 걸어가는 사람이 어머니인 것 같아서 부르며 쫓아가다가 뾰족한 돌멩이에 발을 찔려 피를 흘린 적도 많았다. 하지만 그 때마다 어머니를 따라잡을 수가 없었다. 길에서 만난 사람들은 거지 여인은커녕 비슷한 사람도 본 적이 없다며 오히려 그를 비웃었다.

별 아이는 세상을 떠도는 동안 사랑도, 자비도, 동정도 받지 못했다. 그가 자기밖에 모르며 다른 사람에게 못되게 굴던 때, 자신이 만들어 놓은 세상과 똑같은 세상을 경험했다.

어느 날 밤, 별 아이는 튼튼한 성벽으로 둘러싸인 한 도시에 도착했다. 몹시 지치고 발까지 다쳤지만 애써 성문으로 다가갔다. 하지만 그가 성으로 들어가려 하자 문지기들이 창으로 가로막았다.

"이 도시에 왜 왔지?"

문지기들은 거칠게 물었다.

"어머니를 찾고 있어요. 제발 들여보내 주세요. 혹시 이 성에 계실지도 모르거든요."

별 아이가 대답하자, 문지기들이 비웃었다.

"어머니가 너를 차라리 보지 않는 게 낫겠다. 왜냐면 넌 늪에 사는 두꺼비나 기어다니는 살무사보다 끔찍하거든. 꺼져. 어서 썩 꺼지라고! 네 어머니는 이 곳에 없어."

한 문지기가 방패를 내리고 까만 턱수염을 흔들며 소리쳤다.

"네 어머니가 누군데 그렇게 찾아 헤매는 거냐?"

노란 깃발을 들고 있던 다른 문지기가 물었다.

"우리 어머니도 나 같은 거지예요. 나는 어머니께 큰 잘못을 했어요. 어머니께 용서를 빌어야 해요. 그러니 어머니를 찾을 수 있게 들여보내 주세요."

하지만 문지기들은 그를 들여보내지 않고 창으로 쿡쿡 찔러대기만 했다.

별 아이가 울며 돌아설 때, 황금 꽃이 새겨진 갑옷을 입고 날개 달린 사자가 그려진 투구를 쓴 사람이 다가왔다. 그는 문지기들에게 성에 들어오려던 사람이 누구인지 물어 보았다.

"거지 어머니를 찾으러 왔는데, 자기도 거지라는군요. 그래서 우리가 쫓아 버렸습니다."

문지기들이 대답했다.

"이런, 저 녀석을 노예로 팔 수도 있었을 텐데. 혹시 아나, 저 녀석이 달콤한 포도주 한 잔 값은 나갈지 말이야."

그가 웃으며 말했다.

"내가 그 값에 사도록 하지."

교활하게 생긴 늙은이가 옆을 지나다가 말했다.

늙은이는 문지기들에게 돈을 건넨 뒤, 별 아이를 붙들고 성으로 들어갔다. 둘은 한참을 걸어 석류나무로 뒤덮인 집 앞에 다다랐다. 벽에는 작은 문이 하나 있었는데, 늙은이가 벽옥 반지로 건드리자 문이 저절로 열렸다. 놋쇠 계단을 다섯 칸 내려가자, 까만 양귀비와 진흙으로 구워 만든 초록빛 단지가 가득한 정원이 나왔다. 늙은이는 쓰고 있던 터번에서 화려한 비단 스카프를 꺼내 별 아이의 눈을 가렸다. 그러더니 별 아이를 앞세운 채 계속 걸어갔다. 스카프를 풀었을 때, 별 아이는 지하 감옥에 들어와 있었다.

"먹어라."

늙은이가 나무 쟁반에 곰팡이가 핀 빵을 담아 내밀며 말했다.

"마셔라."

이번에는 소금물 한 잔을 내밀었다.

별 아이가 모두 먹고 마시자 늙은이는 밖으로 나가 문을 잠그고 문고리에 쇠사슬을 감았다.

다음 날 아침, 늙은이가 감옥으로 돌아왔다. 늙은이는 리비아에서 가장 뛰어난 마법사로 나일 강가 무덤 속에 사는 마법사에게 마법을 배웠다.

"이교도들의 도시 바로 옆에 숲이 하나 있다. 그 숲에는 금덩이 세 개가 있지. 하나는 희고, 하나는 노랗고, 하나는 빨갛다. 오늘 그 숲에 가서 하얀 금덩이를 가져오너라. 만약 가져오지 못하면 채찍으로 백 대를 때리겠다. 어서 서둘러라. 해가 질 때 정원 문 앞에서 너를 기다리고 있을 테니, 하얀 금을 꼭 가져와야 한다. 만약 금을 못 가져오면 혼쭐이 날 줄 알아라. 너는 내가 포도주 한 잔 값을 주고 산 노예라는 걸 명심해."

늙은이는 눈살을 찌푸리며 별 아이에게 말했다.

그러고는 화려한 비단 스카프로 별 아이의 눈을 가린 채 감옥을 나와 양귀비 정원을 지나 계단을 올라갔다. 늙은이가 반지로 작은 문을 열고 별 아이를 길에 내 보내자, 별 아이는 성문을 빠져나가 마법사가 얘기한 숲으로 달려갔다.

숲은 달콤한 향기와 새 소리가 흘러나와 아름다워 보였다. 하지만 그런 아름다움은 별 아이에게 아무런 도움이 되지 못했다. 숲에 들어서자, 무성한 찔레 덤불이 그를 에워싸고 쐐기풀과 엉겅퀴가 뾰족한 가시로 그를 찔러 댔다. 별 아이는 금세 상처투성이가 되었다. 하지만 마법사가 말한 하얀 금덩이는 찾을 수 없었다. 아침부터 점심까지, 점심부터 해질녘까지 찾아 헤맸지만 헛수고였다. 해가 기울자 별 아이는 앞으로 당할 일을 생각하며 슬피 울었다.

숲 가장자리에 다다랐을 때, 별 아이는 덤불 속에서 누군가 고통스러워하는 소리를 들었다. 별 아이는 자신의 슬픔을 잊고 소리나는 쪽으로 다가갔다. 사냥꾼이 놓은 덫에 작은 토끼 한 마리가 걸려 있었다.

"나는 비록 노예이지만 너를 자유롭게 해 줄 수는 있단다."

별 아이는 불쌍한 토끼를 덫에서 풀어 주었다.

"내게 자유를 주셨으니, 어떻게 보답하면 좋을까요?"

토끼가 말했다.

"하얀 금덩이를 찾고 있는데 어디서도 찾을 수가 없구나. 그 걸 가져가지 못하면 주인님이 나를 때릴 거야."

별 아이가 말했다.

"나를 따라오세요. 금이 있는 곳을 알려 드릴게요. 나는 금이 숨겨진 곳과 숨겨진 이유를 알고 있답니다."

토끼가 말했다.

별 아이는 토끼를 따라갔다. 커다란 떡갈나무 틈새에 그가 찾던 하얀 금덩이가 있었다.

"내가 너에게 베푼 친절은 아주 작은데, 너는 백배도 넘게 보답해 주는구나."

별 아이가 기뻐하며 금덩이를 집어 들었다.

"아니에요. 당신이 해 준 만큼 했을 뿐인걸요."

토끼는 조용히 사라졌다.

별 아이는 성으로 발걸음을 옮겼다. 성문 앞에 문둥이가 앉아 있었다. 그는 잿빛 망토를 깊숙이 뒤집어쓰고 있었는데, 그 틈 사이로 두 눈이 빨간 석탄처럼 이글거리고 있었다. 그가 나무 그릇을 두드리고 종을 울리며 별 아이를 불러 세웠다.

"한 푼만 줍쇼. 굶어죽을 것 같아요. 사람들이 나를 성 밖으로 내쫓았어요. 아무도 나를 불쌍히 여기지 않아요."

"내 주머니에는 하얀 금덩이밖에 없어요. 이걸 주인님께 가져가지 않으면 나는 매를 맞을 거예요."

별 아이가 말했다.

하지만 문둥이는 별 아이에게 매달려 애원했다. 결국 별 아이는 문둥이가 딱하다는 생각에 하얀 금덩이를 주고 말았다. 석류나무의 집에 도착하자 마법사가 문을 열어 주며 들어오라고 했다.

"하얀 금덩이를 가져 왔느냐?"

"아니요."

그러자 마법사는 별 아이를 바닥에 쓰러뜨린 뒤 마구 때렸다.

"먹어라."

마법사가 빈 나무 쟁반을 내밀며 말했다.

"마셔라."

이번에는 빈 잔을 내밀었다.

그런 다음 별 아이를 다시 지하 감옥에 처넣었다.

다음 날 아침, 마법사가 감옥으로 돌아왔다.

"만약 오늘 노란 금덩이를 가져오지 못하면 채찍으로 삼백 대를 때리고 너를 영원히 내 노예로 삼겠다."

마법사가 말했다.

별 아이는 다시 숲으로 가서 하루 종일 노란 금덩이를 찾아 헤맸다. 하지만 어디에서도 금덩이를 찾을 수 없었다. 해가 기울자 별 아이는 앞으로 당할 일을 생각하며 주저앉아 울기 시작했다. 그 때 덫에서 구해 준 작은 토끼가 별 아이에게 다가왔다.

"왜 울고 있나요? 숲에서 뭘 찾고 있나요?"

토끼가 물었다.

"노란 금덩이를 찾고 있는데 어디서도 찾을 수가 없구나. 그걸 가져가지 못하면 주인님이 나를 영원히 노예로 삼을 거야."

별 아이가 대답했다.

"나를 따라오세요."

토끼는 숲 속을 달려 어느 웅덩이에 도착했다. 그 웅덩이 바닥에 노란 금덩이가 있었다.

"이 은혜를 어떻게 갚지? 너는 나를 두 번이나 구해 줬어."

별 아이가 말했다.

"당신이 먼저 나를 구해 줬잖아요."

토끼는 조용히 사라졌다.

별 아이는 노란 금덩이를 주머니에 집어 넣고는 서둘러 도시로 돌아왔다. 문둥이가 그를 보고 뛰어왔다.

"한 푼만 줍쇼. 굶어죽을 것 같아요."

문둥이가 별 아이 앞에 무릎을 꿇고 외쳤다.

"내 주머니에는 노란 금덩이밖에 없어요. 이걸 주인님께 가져가지 않으면 나는 매를 맞고 영원히 노예가 되어야 해요."

별 아이가 소리쳤다.

하지만 문둥이가 별 아이에게 매달려 애원했고, 결국 별 아이는 문둥이가 딱하다는 생각에 노란 금덩이를 주고 말았다. 석류나무의 집에 도착하자 마법사가 문을 열어 주며 들어오라고 했다.

"노란 금덩이를 가져 왔느냐?"

"아니요."

그러자 마법사는 별 아이를 바닥에 쓰러뜨린 뒤 마구 때렸다. 그러고는 쇠사슬로 꽁꽁 묶어 다시 지하 감옥에 처넣었다.

다음 날 아침, 마법사가 감옥으로 돌아왔다.

"만약 오늘 빨간 금덩이를 가져온다면 너를 풀어 주겠다. 하지만 그렇지 못하면 너를 죽여 버리겠다."

마법사가 말했다.

별 아이는 다시 숲으로 가서 하루 종일 빨간 금덩이를 찾아 헤맸다. 하지만 빨간 금덩이를 어디에서도 찾을 수가 없었다.

해가 기울자 별 아이는 앞으로 당할 일을 생각하며 주저앉아 울기 시작했다.

"당신이 찾는 빨간 금덩이는 뒤에 있는 동굴 속에 있어요. 그러니 눈물을 그치고 웃어요."

별 아이가 한참을 울고 있는데 작은 토끼가 다가와 말했다.

"이 은혜를 어떻게 갚지? 너는 나를 세 번이나 구해 줬잖니."

별 아이가 말했다.

"당신이 먼저 나를 구해 주었잖아요."

토끼는 또다시 조용히 사라졌다.

별 아이는 동굴 속에 들어가 빨간 금덩이를 찾아 주머니에 넣고는 서둘러 도시로 돌아왔다. 이번에도 문둥이가 그를 보고 뛰어왔다.

"빨간 금덩이를 내게 주지 않으면 난 죽어 버릴 거예요."

문둥이가 길을 막아서며 외쳤다.

결국 별 아이는 불쌍한 문둥이에게 빨간 금덩이를 주고 말았다.

"자, 받으세요. 이건 당신에게 더 필요한 것 같군요."

하지만 별 아이는 마음이 무척 무거웠다. 앞으로 어떻게 될지 잘 알고 있었기 때문이다. 하지만 정말 어떻게 될지 알고 있었을까?

"아름다운 우리 주인님!"

별 아이가 성문을 지나가자 문지기들이 절을 하며 외쳤다.

"세상에서 가장 아름다운 분이야!"

사람들이 별 아이를 따라오며 말했다.

"사람들이 나를 우습게보고 놀리는구나."

별 아이는 눈물을 흘리며 중얼거렸다.

점점 더 사람이 많아지자, 별 아이는 길을 잃고 왕의 궁전이 있는 큰 광장으로 가게 되었다. 그 때 성문이 열리더니 도시의 사제들과 고관들이 별 아이를 보고 달려나왔다.

"어서 오십시오, 왕자님! 우리는 주인님을 기다리고 있었습니다."

사제들과 고관들이 별 아이 앞에서 몸을 낮추며 말했다.

"난 왕자가 아닙니다. 가난한 거지 여인의 아들일 뿐이에요. 그리고 어째서 나를 보고 아름답다고 하나요? 내가 끔찍하게 생겼다는 건 나도 잘 알고 있어요."

별 아이가 대답했다.

"주인님, 어찌 아름답지 않다고 하십니까?"

황금 꽃이 새겨진 갑옷을 입고 날개 달린 사자가 그려진 투구를 쓴 사람이 방패를 들어올리며 외쳤다.

별 아이는 방패에 비친 자기 얼굴을 보았다. 그의 얼굴이 다시 아름다워져 있었다. 하지만 두 눈에는 예전에는 볼 수 없던

새로운 아름다움이 어려 있었다.

"오래 전부터 바로 오늘 우리를 다스릴 분이 오시리라는 예
언이 있었습니다. 그러니 이 왕관과 홀을 받으시고, 정의롭고
자비로운 왕이 되어 주십시오."

사제들과 고관들은 무릎을 꿇고 별 아이에게 말했다.

"나는 그럴 만한 자격이 없어요. 낳아 주신 어머니를 내쫓
았는걸요. 어머니를 찾아 용서를 빌기 전까지는 편히 쉴 수 없
어요. 그러니 나를 그냥 보내 주세요. 왕관과 홀을 준다 해도
여기 머물러 있을 수는 없어요. 어머니를 찾을 때까지 온 세상
을 돌아다녀야 해요."

별 아이는 성문을 향해 돌아섰다.

바로 그 때, 병사들이 가로막고 선 사람들 사이로 어머니인
거지 여인이 보였다. 그 옆에는 성문 앞에 앉아 있던 문둥이도
있었다. 별 아이는 기뻐서 소리지르며 어머니에게로 달려갔
다. 그러고는 그 앞에 무릎을 꿇고 상처 난 발에 입을 맞추며
눈물로 그 발을 흠뻑 적셨다.

"어머니, 그 때는 제가 잘난 줄 알고 어머니를 무시하고 내
쫓았어요. 이제 겸손해진 저를 받아 주세요. 저는 어머니를 싫
다고 했지만 제발 저를 사랑해 주세요. 저는 어머니를 내쫓았
지만 제발 저를 받아 주세요."

별 아이는 흙먼지에 얼굴을 파묻고 심장이 멎어 버릴 정도

로 흐느끼며 거지 여인에게 말했다.

하지만 거지 여인은 한 마디도 대꾸하지 않았다.

"내가 당신에게 자비를 베풀었으니, 당신도 저를 도와 주세요. 어머니가 제게 한 마디라도 하게 해 주세요."

별 아이는 문둥이의 하얀 발을 움켜쥐고 말했다.

하지만 문둥이 역시 한 마디도 하지 않았다.

"어머니, 너무 고통스러워 견딜 수가 없어요. 제발 저를 용서해 주시고 다시 숲 속으로 돌아가게 해 주세요."

별 아이는 계속 흐느끼며 말했다.

"일어나라."

거지 여인이 그의 머리에 손을 얹고 말했다.

"일어나라."

문둥이도 그의 머리에 손을 얹으며 말했다.

별 아이가 일어나 그들을 보았다.

그들은 바로 왕과 왕비였다.

"네가 도와 드린 분은 바로 네 아버지였단다."

왕비가 말했다.

"네가 눈물로 발을 씻겨 드린 분은 네 어머니시다."

왕이 말했다.

왕과 왕비는 별 아이를 끌어안고 입을 맞춘 뒤 궁전으로 데리고 갔다. 그러고는 그에게 아름다운 옷을 입히고 왕관을 머리에 씌워 주고 홀을 손에 쥐어 주었다.

별 아이는 그 도시를 다스리는 왕이 되었다. 그는 정의롭고 자비롭게 도시를 다스렸다. 나쁜 마법사는 도시에서 추방하고, 나무꾼 부부에게는 값진 선물을 보냈으며, 그 아이들에게는 높은 지위와 명예를 내려 주었다. 또 사람들이 새와 동물들을 못살게 굴지 못하도록 했다. 가난한 자들에게는 빵을 주고 헐벗은 자들에게는 옷을 주었으며 사랑과 자비와 친절을 가르쳤다. 온 땅에 평화와 풍요가 넘쳐났다.

하지만 별 아이는 그 도시를 오랫동안 다스리지 못했다. 그가 겪은 고통이 너무 컸고, 그가 치른 시험이 너무 잔혹했기 때문이다. 3년이 지난 뒤 그는 숨을 거두었고, 그 뒤를 이은 왕은 아주 잔인했다.

● 작품 해설
● 옮긴이의 말

아름다움을 위해 살다간 천재 작가의 동화

'아이들을 착한 사람으로 만드는 가장 좋은 방법은 그들을 행복하게 만드는 것입니다.'

오스카 와일드가 생전에 남긴 말입니다. 그는 자신의 두 아들을 매우 사랑했고, 그 아이들에게 들려 주기 위해 동화를 썼으며, 동화가 아이들을 행복하게 만들어 줄 수 있다고 믿었습니다. 한편 그 어떤 가르침보다 동화를 읽게 하는 것이 아이들을 착한 사람으로 만드는 데 효과적이라고 생각했습니다. 그것은 어린 시절의 경험에서 나온 것이었습니다.

1854년 아일랜드에서 태어난 오스카 와일드는 아일랜드 최초의 민속학자이자 유명한 안과 의사였던 아버지와 아일랜드 민속 문화를 주제로 시를 쓰던 어머니에게 많은 영향을 받으며 자랐습니다. 아버지는 가난해서 병원비를 낼 수 없는 환자들에게 병원비 대신 이야기를 들려 달라고 했습니다. 이렇게 모은 이야기를 묶어 책으로 냈으며, 아버지가 죽은 뒤에는 어머니가 그 일을 이어 나갔습니다.

오스카 와일드는 아버지와 어머니가 들려 주는 신화와 전설을 좋아했습니다. 그 이야기들을 들으며 상상의 날개를 펼쳤고, 그 이야기들을 다시 친구들에게 들려 주곤 했습니다. 뛰어난 이야기꾼으로서의 재능은 옥스퍼드 대학에 입학하며 두드러지기 시작했습니다. 학창 시절에 이탈리아의 마을 라벤나를 노래한 시로 '뉴디기트' 신인상을 받았으며, 시와 에세이를 발표해 세상을 놀라게 했습니다.

오스카 와일드의 재능은 동화에서도 빛을 발했습니다. 그는 결혼한 뒤 아이가 태어나면서부터 동화를 쓰기 시작했는데, 두 아들에게 모험 이야기, 아일랜드 전설, 자신이 만든 이야기들을 들려 주곤 했습니다. '아이들을 위해 동화를 짓는 것은 모든 아빠들의 의무'라는 말은 오스카 와일드가 남긴 말이랍니다.

오스카 와일드는 동화를 아이들에게 맞춘 '유치한' 이야기라고 생각하지 않았습니다. 그는 철학과 예술에 대한 생각과 사회 현실에 대한 비판을 그의 동화에 담았습니다. 그래서 그의 동화는 아이들에게 교훈을 주기 위해 쓰인 여느 동화와 달랐습니다. 또 전통적인 동화들처럼 주인공이 행복하게 살게 된다는 결말에 이르지도 않았습니다.

『행복한 왕자』에는 「행복한 왕자」, 「헌신적인 친구」를 포함해 모두 아홉 편의 동화가 실려 있습니다. 「행복한 왕자」는 편안하게 살다 죽은 왕자가 동상으로 만들어져 도시의 높은 곳에 서 있으면서 과거를 반성하고, 희생을 통해 진정한 기쁨과 행복을 깨닫게 되는 이야기입니다. 왕자는 그 어떤 보상도 바라지 않고 다른 사람들을 기쁘고 행복하게 해 줄 의무를 지닌 예술가를 상징합니다. 이러한 주제는 「나이팅게일과 장미」와 「욕심쟁이 거인」에서도 이어집니다. '나이팅게일'과 '거인'은 자신의 모든 것을 기꺼이 바치는 희생적인 예술가를 뜻한다는 점에서 '행복한 왕자'와 다를 바 없습니다.

「헌신적인 친구」에서 착하고 가난한 농부 한스를 죽음으로 몰고 가는 '방앗간 주인'과 「비범한 로켓 폭죽」의 '로켓 폭죽'은 '거인'이나 '행복한 왕자'와 반대되는 인물입니다. 못된 '방앗간 주인'은 자신의 잘못을 끝내 깨닫지 못하고, 거만한 예술가 '로켓 폭죽'은 자신의 재능을 지나치게 믿다가 쓰라린 아픔을 겪게 됩니다.

이런 작품들에서 볼 수 있듯이, 오스카 와일드는 동화를 통해 당시 사회 문제를 꼬집고 있습니다. 「어린 왕」에서는 사람들이 겉만 보기 좋게 꾸미며 옷차림으로 권위를 내세우려고 하는 모습을 비판

합니다. 어린 왕은 화려한 왕의 옷을 벗어 버림으로써 겉치레가 아닌 진정한 아름다움을 얻으려고 합니다. 「스페인 공주의 생일」은 버릇없고 냉정한 공주가 난쟁이를 죽음으로 몰아가는 이야기입니다. 여기서 공주는 예술가를 이해하지 못하는 어리석고 잔인한 귀족들을 대표합니다. 또 「별 아이」에서는 속마음보다 겉모습을 중요하게 여기는 사람들을, 「어부와 영혼」에서는 전통적인 도덕을 비판하고 있습니다.

오스카 와일드는 아름답고 우아한 문체로 동화를 썼지만, 그 동화를 통해 당시 영국 귀족들의 도덕적인 타락과 거짓됨을 솔직하게 보여 주었습니다. 그러면서 진정한 예술가는 아름답지 못한 사회를 아름답게 변화시켜야 할 의무가 있다고 강조했습니다.

오스카 와일드는 정치가나 종교인이 아닌 예술가가 세상을 구원할 수 있다고 믿었고, 예술을 이 세상의 그 무엇과도 바꿀 수 없을 만큼 소중한 것이라고 생각했습니다. 그래서 아름다움을 만들어 내는 것을 가장 중요하고도 유일한 목적으로 삼는 '예술 지상주의' 또는 '탐미주의'를 앞장서서 외쳤습니다. 그리하여 정신보다는 감각을, 내용보다는 형식을, 현실보다는 공상을 중시하고, 아름다움

»»

을 진실이나 선행보다 가치 있게 여기며, 때로는 악한 것에서까지 아름다움을 발견하려고 시도했습니다. 이것은 사회의 도덕이나 관습과 많이 달랐습니다.

결국 오스카 와일드는 사회의 관습적이고 도덕적인 잣대를 거부했기 때문에 불행한 삶을 살아야 했습니다. 『행복한 왕자』에 등장하는 행복한 왕자, 거인, 나이팅게일, 한스 등 모든 주인공들은 인간이나 예술에 대한 사랑 때문에 죽음을 맞이합니다. 자신이 창조한 주인공들처럼 오스카 와일드도 불행하게 죽어갔습니다.

오스카 와일드는 떠났어도, 아름답게 다듬어진 보석 같은 그의 동화는 오늘날에도 여전히 깊은 감동과 울림을 줍니다. 그 울림은 앞으로도 영원할 것입니다.

－이용포 (작가)

'행복한 동화'에 길들여진 사람들에게

오스카 와일드의 동화는 동화이지만 동화가 아닙니다.

의인화된 동물이나 사물들, 환상적이고 마술 같은 이야기들, 그리고 아리따운 공주와 왕자들이 등장하지만 주인공이 오래오래 행복하게 살았더라는 전형적인 결말은 존재하지도 않을 뿐더러 오히려 동화로서는 다소 충격적일 수도 있는 비극적인 이야기들을 담고 있기 때문입니다. 그래서 오스카 와일드의 작품은 행복한 동화에 길들여진 우리들에게 그리 녹록하지 않은 삶의 진실을 보게 만듭니다. 이것이 그의 작품을 단순히 동화로만 읽을 수 없는 이유입니다.

『행복한 왕자』를 우리 말로 옮기는 일이 흥미로웠던 것도 바로 그 때문입니다. 아이들도 쉽게 읽을 수 있으면서도 오스카 와일드의 신랄한 비판과 풍자는 그대로 살아 있도록 해야 했으니까요.

이 책은 1888년에 출판된 『행복한 왕자』와 1892년에 출판된 『석류나무의 집』을 한 권으로 묶은 것입니다. 이 두 권의 동화집은 성격이 뚜렷이 다릅니다. 『행복한 왕자』는 단순한 사건들이 등장인물들 간의 대화를 통해 전개되는 아기자기하고 짤막한 우화들이 주로 실려 있는 반면, 『석류나무의 집』은 이국적이고 기묘한 사건들이 묘사를 통해 전개되는 아름답고도 슬픈 이야기들로 이뤄져 있습니다.

　이 책을 읽기 시작했다면 누구나 마지막 장을 덮을 때까지 책에서 눈을 뗄 수 없을 것입니다. 타고난 이야기꾼 오스카 와일드가 환상의 세계로 안내할 테니까요. 동상이 눈물을 흘리며 노래하듯 들려 주는 이야기와 로켓 폭죽이 떠벌리는 자랑에 푹 빠져 있는 동안, 여러분은 세상살이가 지닌 모순 앞에 울고 웃는 자신의 모습을 발견하게 될 것입니다.

　오스카 와일드가 쓴 동화를 모두 모아 놓은 이 책은 독자들이 그의 독특한 작품 세계를 이해하는 데 큰 도움이 되리라 생각합니다.

－소민영(옮긴이)

오스카 와일드 (Oscar Wilde)

시인, 소설가, 극작가, 평론가로 다양한 장르의 작품을 남겨 '셰익스피어 다음으로 많이 읽히는 작가'로 불린다. 1854년 아일랜드 더블린에서, 안과 의사이자 민속학자였던 아버지와 민속 문화를 주제로 시를 쓰던 어머니 사이에서 태어났다. 옥스퍼드 대학에서 문학을 공부하며 시 〈라벤나〉로 '뉴 디기트' 신인상을 받았고, 이 때부터 '예술을 위한 예술'을 표방하는 '예술 지상주의'를 주장했다. 1888년 첫 동화집 『행복한 왕자』를 시작으로 중편소설 『아서 새빌 경의 범죄』, 장편소설 『도리언 그레이의 초상』, 시극 『살로메』, 동화집 『석류나무의 집』 등을 발표했으며, 세태를 비판한 희극 『윈더미어경 부인의 부채』, 『진지함의 중요성』 등으로 절찬을 받았다.

나현정

1978년 서울에서 태어났으며 국민대학교에서 국어국문학을 공부했다. 그 뒤 일러스트를 공부해서 단편영화 「개구리」와 극단 〈뛰다〉의 미술 작업을 했으며 잡지 「리딩프렌즈」에 그림을 그리고 있다. 그린 책으로 『행복한 왕자』가 있다.

소민영

서강대학교에서 불어불문학을, 이화여자대학교 통번역대학원에서 번역학을 공부했다. 출판과 영상 분야에서 전문 번역가로 활동하고 있으며, 옮긴 책으로 『행복한 왕자』, 『최초의 세계 제국, 미국』 등이 있다.

All Ages' Classics

올 에이지 클래식은 시대와 나이를 초월하여
10살부터 100살까지 늘 우리의 삶과 함께하는
소중한 친구 같은 책입니다.

행복한 왕자

펴낸날 초판 1쇄 2007년 6월 20일
지은이 오스카 와일드 | **그린이** 나현정 | **옮긴이** 소민영
펴낸이 최식찬 | **펴낸곳** 보물창고 | **출판등록** 2003. 5. 7. 제22-2345호
주소 서울 서초구 양재동 115-6 푸르니 빌딩 2층 (우)137-891
전화 02-581-0334~5 | **팩스** 02-582-0648
E-mail prooni@prooni.com | **홈페이지** www.prooni.com

ISBN 978-89-90794-85-7 04840
값 9,500원   ＊잘못된 책은 구입한 곳에서 바꾸어 드립니다.

이 도서의 국립중앙도서관 출판시도서목록(CIP)은 e-CIP 홈페이지
(http://www.nl.go.kr/cip.php)에서 이용하실 수 있습니다.
(CIP제어번호: CIP2007001370)